小学館文庫

勘定侍　柳生真剣勝負〈四〉

洞察

上田秀人

JN020175

小学館

目次

主な登場人物

◆大坂商人

一夜《かずや》……淡海屋七右衛門《おうみやしちえもん》の孫。柳生家の大名取り立てにともない、召し出される。

七右衛門……大坂一といわれる唐物問屋淡海屋の旦那。

佐登《さと》……七右衛門の一人娘にして、一夜の母。一夜が三歳のときに他界。

喜兵衛《きへえ》……淡海屋の大番頭。

幸衛門《こうえもん》……京橋で味噌《みそ》と醬油《しょうゆ》を商う信濃屋《しなのや》の主人。三人小町と呼ばれる三姉妹の父。

永和《とわ》……信濃屋長女。妹に次女の須乃《すの》と、三女の衣津《いつ》がいる。

◆柳生家《やぎゅう》

但馬守宗矩《たじまのかみむねのり》……将軍家剣術指南役。初代惣目付《そうめつけ》としても、辣腕《らつわん》を揮《ふる》う。

十兵衛三厳《じゅうべえみつよし》……柳生家嫡男《ちゃくなん》。大和国《やまとのくに》柳生の庄に新陰流《しんかげりゅう》の道場を開く。

左門友矩《さもんとものり》……柳生家次男。刑部少輔《ぎょうぶしょうゆう》。小姓《こしょう》から徒頭《かちがしら》を経て二千石を賜る。

主膳宗冬《しゅぜんむねふゆ》……柳生家三男。十六歳で書院番士となった英才。

武藤大作《むとうだいさく》……宗矩の家来にして、一夜の付き人。
素我部一新《すがべいっしん》……門番にして、伊賀忍。
佐夜《さよ》……素我部一新の妹。一夜が女中として雇っている。

◆幕閣
堀田加賀守正盛《ほったかがのかみまさもり》……老中。武州川越《ぶしゅうかわごえ》三万五千石。
松平伊豆守信綱《まつだいらいずのかみのぶつな》……老中。武州忍《おし》三万石。
阿部豊後守忠秋《あべぶんごのかみただあき》……老中。下野壬生《しもつけみぶ》二万五千石。松平伊豆守信綱の幼なじみ。
秋山修理亮正重《あきやましゅりのすけまさしげ》……惣目付。老中支配で大名・高家《こうけ》・朝廷を監察する。四千石。
望月土佐《もちづきとさ》……甲賀組与力組頭。甲賀百人衆をまとめる。

◆江戸商人
儀平《ぎへい》……柳生家上屋敷近くに建つ、荒物を商う金屋《かなや》の主人。
総衛門《そうえもん》……江戸城お出入り、御三家御用達《ごようたし》の駿河屋《するがや》主人。材木と炭、竹を扱う。

勘定侍　柳生真剣勝負〈四〉　洞察

第一章　刀と金

一

柳生《やぎゅう》家勘定方淡海一夜《おうみかずや》は、夜遅くまで算盤《そろばん》をおいて、過去の帳面を確認していた。

「笊《ざる》っちゅうのはちょいちょいあるけど、柳生は底の抜けた桶《おけ》やな」

五年ほど遡《さかのぼ》ったところで、一夜は嘆息した。

「ちいとは疑わんかいな」

納品の金額に一夜はあきれていた。

「倍近いのもあるがな」

帳面に記されている値段を大坂で付けようものなら、三日で客が来なくなる。

「上方《かみがた》の商人《あきんど》は、人の足下を見るけど、せいぜい臑《すね》までや。江戸は腿《もも》まで晒《さら》す。まともやないな。これが商人の都と武士の都の差やとしても、ちとえぐすぎへんか」

一夜は腹を立てていた。

「そこまでですか」

女中の佐夜《さよ》が、一夜のための白湯《さゆ》を入れながら訊《き》いた。

「商いは儲《もう》けるものでございましょう」

「たしかにそのとおりやねんけどなあ。限界があんねん。商いというのは、売る方、買う方のどちらかだけが得をしたらええというもんやない。言うまでもないけどな、損はあかん。損したら商売はやってられへん。売る方は儲けをのせて売る。客は、自分で直接買いに行く手間よりも店から購入した方が楽やと思えるから買う。そこのせめぎ合いが商いや。それを一方だけが搾取してみ。そのときは儲かるけど、ばれたときにどうなる」

「その店では二度と買いません」

「そうや」

佐夜の答えに、一夜がうなずいた。

「で、佐夜はんは、それだけで終わらせるか」

「それだけ……まさか、店を壊すとか、主《あるじ》を懲らしめるとか」

一夜の問いに、佐夜が首をかしげた。

「それはちょっと乱暴やで。別嬪《べっぴん》さんの割に、乱暴者《もん》やなあ」

「……そんな。お訊きになられたので」

驚くような顔をした一夜に、佐夜が非難の目で見つめた。

「悪い、悪い。冗談や」

一夜が笑いながら手を振った。

「知りません」

佐夜が横を向いた。

「いやあ、ええ女《おなご》ちゅうのは、すねてもかわいいんやなあ。卑怯《ひきょう》やで、それは」

「なにを仰せに……」

褒められた佐夜が慌てた。

「やっぱりすねたより、そっちのほうがええわ」

一夜がほほえんだ。

「…………」

佐夜が頬《ほお》を染めてうつむいた。

「わたくしの答えは違っていたのでしょう」

紅《あか》い頰のまま佐夜が答えを求めてきた。

「簡単なこっちゃで。己が行けへんだけなら、相手の損害は一人分や。そやけどな、己の周囲になにをされたかを話して回ったらどうなる。聞いた全部の者《もん》が店を使わなくなるとはかぎらへんけど、それでも何人かはそこの店を利用せんなる。これで一人の被害やったのが、数倍になる」

「それはたしかに」

「さらにな、評判というのはかかわる人が増えるほど広がっていく。最初の一人が三人に話し、その三人がやはり三人ずつに話す。それを繰り返せば、どうなる」

「三人が九人、九人が……二十七人、二十七人が……」

佐夜が数えだした。

「八十一人や。それから二百四十三人、七百二十九人と増えてく。これが五人ずつやったら、十人ずつやったらどうなる」

「とてつもない数になりまする」

言われた佐夜が想像して、目を大きくした。

「すごいやろ。しかも、これは最初の一人から縁の続いた者だけを考えた場合や、途中で噂《うわさ》を聞いた連中が噂にのったらどうなる。あっちゅう間に千をこえ、二千、四千と膨れあがる」

「そこまで……」

「人の口に戸は立てられへん。そして悪い噂ほど拡《ひろ》がるで」

一夜が述べた。

「怖《おそ》ろしい」

「商人を殺すに刃物は要《い》らんねん。悪意一つで店は潰《つぶ》せる。それをわかっているから、大坂の商人は馬鹿をせえへん。たまに阿呆《あほう》が出てくるけどな。すぐに夜逃げする羽目になる」

そこで一夜が言葉を切った。

「しゃあけど、江戸は違うようや。たぶん、客が武士やからや」

「武士やったら、足下を見た商売が許されると」

佐夜が怪訝《けげん》そうな顔をした。

「商人にとって面目っちゅうのは、金より安いねん。金のためやったら……言い方が悪いな。そうや、商いのためやったら、いくらでも頭をさげられる。せやけど、お武家はんは無理やろう。面目というか、名前が大事やさかいな。某《なにがし》はんは商品を値切ったとか、金払いが悪いとかの悪評が立つと、面目をなくすやろ。一度の戦に命をかけるからか、武士は金にこだわれへん。金に汚いと言われるわけにはいかへんから、碌《ろく》でもない商人の言うがままに金を払う」

「すべてではございませぬ。わたくしどものような少禄《しょうろく》の家は、ものを買うときしっかりと値を見まする」

佐夜が一緒にされても困ると告げた。

「それはわかってる。同じものを買うときでもそのときの値付けで店を替えるやろ。それはそれでええねんけど、当然出入りという店はでけへんわな。次買ってくれるという保証のない客は、商人にとってうまみがなさすぎる」

「……………」

「出入りというのは悪いところばかりやない。出入りとして付き合いが深くなれば、得な話も持ってきてくれるし、少しの値引きもしてくれる。そして金がないときには支払いを待ってくれたりもする。出入りの店を持つ意味は大きい」

一夜が一息吐いた。

「話がずれたなあ。わたいが言いたいのはもうちょっと武士も金を払うということに気を遣わなあかんちゅうことや。出入りの店を作るなら、ちゃんと調べて評判のええ店を選ぶ。さらに帳簿にはしっかり目を通して、おかしなことがないかを確かめる。

こうすることで出入りの商家も真剣に商いをしてくれる。ようは、なめられたらあかんねん」

「甘く見られたら食いものにされる」

「そういうこっちゃ。まあ、佐夜はんも油断したらあかんで。きれいな女《おなご》はんというのは、色んな意味で絶えず狙われているよってな」

「さきほどから……」

　佐夜がからかいすぎだと膨れて見せた。

「いやいや、目の保養はでけたけど、こっちはなあ」

　もう一度帳面に目を落として、一夜が嘆息した。

「取り返すわけには」

「こっちが納得ずくで買《こ》うてるしなあ。それにほとんど消費してしもうてる。返せるもんは、この間突っ返したやろ」

　佐夜の提案に、一夜が首を横に振った。

　一夜は江戸で金屋《かなや》儀平《ぎへい》、駿河屋《するがや》総衛門《そうえもん》という二人の商人と知り合い、新たな仕入れ先を確保したことで、今まで柳生家を食いものにしていた出入り商人たちを切り捨てている。そのとき、薪《まき》とか炭とかの腐らないものを返品していた。

「金だけ返せ、柳生をなめるなと脅してみ。その日のうちに、お畏《おそ》れながらと御上《おかみ》へ訴えられるわ。惣目付《そうめつけ》を辞めた途端に、柳生が他の惣目付に詮議される。笑い話にもならへんで」

「商人が大名を訴える……」

佐夜が唖然《あぜん》とした。

「どこへ訴えると。町奉行所では受け付けてくれますまいに」

南北の江戸町奉行所はそれぞれで地区や油、衣類などの商いを分け合って担当しているが、あくまでも民と民との問題にかぎっている。

「町奉行所の扱いではない」

武士、僧侶、神官がかかわると途端に門を閉じる。

「まさか、惣目付さまに……」

「惣目付へ直接はないやろうなあ。それを受け付けたとなると、金を払ってもらえなかった江戸中の商売人が寄ってくるよってな。一人、受け付けておいて、その後はあかんとは言えへんし、世間も納得せん。たしかにつごうのええときだけ受け付けて、他は知らんというのも、でけるやろう。民には御上に立ち向かうだけの力はないよってな。でも、それはかならず悪評になる。悪評は絶対あかん」

「惣目付さまに悪評はつきものでございましょう……」

ちらと佐夜が表御殿の方へ目をやった。

「辣腕《らつわん》とか鬼とか、情けを知らぬとか、そういったお役目をこなすうえで出てくるのはええねん。陰口を叩《たた》かれるのも役目の一つや。しかし、贔屓《ひいき》をしたとか、恣意で動くとかいうのはまずい。監察というのは、公明正大でなければあかん」

「殿は公明正大であられました」

佐夜が柳生家当主但馬守宗矩《たじまのかみむねのり》をかばった。

「それは信用している。堅物でなければ、ここまでやってきてないわ。もっとも下半身については、まったく信じてないけどな」

「……………」

苦笑を浮かべる一夜に、佐夜がなんとも言えない顔をした。

「でや、商人どもが訴えるのは、惣目付やない。もっと上や」

「もっと上となれば……」

佐夜が気づいた。

「そうや、執政《しっせい》の衆や。そのへんの商人が執政に会えるかと思う者もおるやろうけどな、執政衆、老中や若年寄にも商人との付き合いはある。それら出入り商人のなかでもとくに大店《おおだな》ともなると、当主と話をすることもできる」

「直接執政さまに訴えると」

「訴えるというより願うという形を取るやろうけどな。御上は今、武士がもっとも偉いという世のなかを作ろうとしてはる。そこにどういう理由があろうとも民が武士を訴えるのはまずい。咎《とが》めてくれより、なんとかなりまへんかというほうが、執政衆も受け入れやすいやろ」

「……はい」

佐夜の目が一瞬だけ大きくなった。

「武士から商人を訴えるわけにはいかへん。面目があるからな。反対に商人はお願いという手段で武士を訴えることができる。当たり前やけど、商人の訴えが通るとはかぎらへん。通れへんことの方が多いやろ。御上も暇やない。商人のことなんぞにかかわってられへんわな。ただ、一人でも訴えが認められたら、百に一つでも武士が咎められたら……」

「一罰百戒」

「そうや。執政をするくらいや。老中、若年寄ちゅうのは頭がええはず。まちがいなくこれからは力でなく、金が世を動かすとわかってる。武士が支配者であり続けるなら、どこかで金の恐ろしさを教えとかなあかん。今の武士はようやく立ちあがったばかりの赤子や。大声でわめき、ものを壊すだけ。このまま放置してたら、新しい世のなかから取り残されていく。それは御上としてはまずい。早めに湯沸かし鉄瓶は熱いものやとわからしとかな、大火傷《おおやけど》してからでは遅い」

佐夜の思い当たったことは正しいと、一夜が認めた。

「その生《い》け贄《にえ》に柳生がされたら困るやろ」

「困りまする」

問いかけた一夜に佐夜がうなずいた。

「しゃさかいに、帳面を見て愚痴るだけしかでけへんねん、わたいは」

一夜が悔しがった。

「金っちゅうのは、稼ぐのが大変なわりに使うとなったら淡雪のようにあっさりと消えていきよる。この五年の奪われた金があれば、どれだけのことがでけるかと思えば、腸《はらわた》煮えくり返る思いやけど、あきらめなしゃあない」

大きなため息を一つ一夜が吐《つ》いた。

「こらあかん。話しこんで遅なったわ。もう、帰り」

佐夜は通いの女中である。なにせ、実家が数軒隣にある。

「まだいけませぬのでございますか」

佐夜がすがるような目をした。

「住みこみのことかいな」

一夜が辟易《へきえき》した口調になった。

女中としてきたときから、佐夜は住みこみを望んでいた。

「はい」

「部屋はいくつも空いてるけどなあ。さすがに男一人のところに若い女はんが住みつくのは……なあ」

「女中でございまする」

「わかってるねんけどなあ。素我部《すがべ》はんのことも知ってるからなあ」

「兄とはかかわりございません」

「あるで。素我部はんの紹介で、うちへきたんや」

首を横に振った佐夜に、一夜が告げた。

「それがなにか」

「あのなあ。手だせんやんか」

一夜は女を知っている。大坂の大店では、跡継ぎ息子が変な女に引っかかることがないようにと信用している遊女屋を使って、口説も閨《ねや》も極上の妓《おんな》に預ける。

大店が利用するような遊女屋の看板妓ともなると、天女もかくやという美貌と羽化登仙の閨技《けいぎ》を持っている。そのうえで情が絡まないようにうまくあしらわれる。

おかげで一夜に色仕掛けは通じない。もし、一夜が手を出すとしたら、情が移ったときになる。

「男と女は、突き詰めていけば情ですなあ」

何百という男を掌《てのひら》で転がした天下の名妓《めいぎ》でも情には勝てない。

「どれだけ閨で歓待しても、好きな女はんがでけたら、それまで。あくまでも妓は遊び。きれいさっぱり忘れられます」

女を教えてくれた妓が寂しそうな顔をしたのを一夜は忘れられなかった。

「妻に迎えていただけるならば、手出しをしてくださっても……」

「素我部はんに殺されるわ。妹を頼むと釘《くぎ》刺されてるんやで」

かまわないと言った佐夜に一夜が手を振った。

「とりあえず、今日は帰り」

「いたしかたございませぬ」

不満そうな顔をしたまま、佐夜が出ていった。

「いろんな荷物を置いてるし、湯もうちで使《つこ》うてから帰る。夜具まで持ちこんでるようやし……せやけどなあ、向こうが透けて見えるねん。手だしたら、生涯大坂へは帰られへんようになりそうや」

一夜が息を吐いた。

二

兄の長屋へ戻ったはずの佐夜は、柳生宗矩の前に控えていた。

「どうだ」

柳生宗矩が一夜の様子を問うた。

「怖ろしいとしか申せませぬ」

佐夜が真顔で答えた。

「先ほども……」

一夜との会話を佐夜があまさずに伝えた。

「訴えを願いと言い換え、一罰百戒を理解している」

しっかり柳生宗矩は要点とすべきところを摑《つか》んでいた。

「世渡りに必須の頭はある。剣術はまったく心得ていないが、その眼力は達人の域にある。これは手放せぬの」

柳生宗矩が感嘆した。

「家を譲る気はないし、禄を分けて分家を立てさせるつもりもない。しかし、それなりの扱いはしてやらねばならぬな」

当初、使い捨てるつもりであった柳生宗矩が考えを変えた。

「素我部の妹であったな」

「さようにございまする」

佐夜が首肯《しゅこう》した。

「伊賀《いが》者の娘ならば商人あがりには十分であろう。早急にいたせよ」

「承りましてございまする」

冷たく命じる柳生宗矩に、佐夜が平伏した。

秋山修理亮正重《あきやましゅりのすけまさしげ》は甲賀《こうか》者の報告に苛立《いらだ》った。

「なにをしておるか」

一度、一夜を呼び出すことには成功したが、そこでの遣《や》り取りは秋山修理亮の思惑通りとはほど遠いものに終わった。

「お相手がいささか……」

柳生宗矩を敵に回すのは、まずいのではないかと甲賀組与力組頭望月土佐《もちづきとさ》が、進言しようとした。

「満足に命じられたこともできなかったというに、意見だけは一人前じゃな」

秋山修理亮が望月土佐に蔑んだ目を向けた。

「わかった。しばらく好きにいたせ」

下がれと秋山修理亮が手を振った。

「……御免」

面《おもて》には出さなかったが、不満を匂わせて望月土佐が去った。

「使えぬ。甲賀はまったくいかぬ。やはり忍《しのび》は伊賀か」

一人になった秋山修理亮が嘆息した。

「かと申して、伊賀は柳生に近い」

柳生宗矩が三千石から一万石の大名に出世するほど、惣目付として手柄を立てられたのは、伊賀者の力が大きい。

「屋敷に伊賀者がおると望月が申しておった。門番として働いているともの」

伊賀者を含め、忍はまともな武士としては扱ってもらえない。

「正々堂々と槍《やり》働きのできぬ弱き者」

「卑怯《ひきよう》未練な人外化生《けしよう》」

それどころか下手《へた》をすると人として扱ってもくれない。

「他家の者と最初に顔を合わすのが門番だ。門番の対応次第で、その家の質が知れる」

門番というのは身分軽き者であるが、愚か者には務まらない。そこに柳生家は伊賀者を配置している。

「柳生家では、伊賀者を足軽《あしがる》扱いしているということか」

足軽とは戦場での主力となる兵である。百姓から徴兵したり、野武士を雇い入れたりする場合がほとんどだが、なかには譜代の足軽もいる。一隊を預けることはないが、譜代の足軽は家中《かちゆう》で武士に準ずる者として遇される。

「こちらに引きこむのは難しいな」

秋山修理亮が首を小さく横に振った。

意外に思われるかも知れないが、伊賀者は忠誠を大事にする。戦国乱世でも、雇われている間は決して裏切らなかった。金で雇われるだけに、約束の期間は雇い主が裏切らない限り、伊賀者は命をかけて働く。これは伊賀者を雇っても、いつ寝返られるかわからないと評判になれば、声がかからなくなるからだ。ただし、約束の期間が終わった翌日、敵に回ることもある。

「伊賀者は引き抜けぬ」

もともと山間《やまあい》で、まともに喰《く》えないことから出稼ぎにいかざるを得なくなった伊賀の者である。残っている者は出稼ぎに出た者が金を持って帰ってくることを祈りながら、一団となって貧しさに耐えるのだ。当然、郷《さと》の者の結束は固くなる。

「はぐれの伊賀者などおらぬしの」

伊賀の郷ではみ出したり、追放されたりした者も少ないがいる。そういった連中のほとんどは忍ではなく、その技を利用した盗賊に墜《お》ちる。

一人で忍というのは難しいというより、無理なのだ。まず、専門の鍛冶屋でなければできない手裏剣や手鉤《てかぎ》などの忍武器の修理、入手ができない。さらに仲間が後ろにいてくれないため、いざというときの援助が受けられず、絶えず気を張っていなければならない。

どちらも忍としての寿命に直結する。

なにより、伊賀という後ろ盾がなくなれば、仕事を探すことさえできなくなる。

「忍御用はござらぬか」

「人知れず殺して欲しい敵はありませぬか」

と御用聞きをしてまわるわけにはいかなかった。

「あきらめるしかないか」

秋山修理亮が肩を落とした。

そもそも惣目付として一緒に務めてきた柳生宗矩が倍近い加増を受けて大名へと昇格、それを機にと役目を退いたことへの妬《ねた》みが始まりである。

惣目付だった者が出世した途端、監察をされて咎めを受けたという話題性を利用して、己《おの》が名前を世に知らしめたいという欲もあった。

「無駄であったわ……」

新たな仕事に取りかかろうとした秋山修理亮が止まった。

「……柳生家の門前でもめ事があったと望月が言っておったな」

秋山修理亮が思い出した。

「もう一度、話を聞くべきだな」

詳細を確認すべく、秋山修理亮は望月土佐を呼び出した。

柳生の郷は、日が暮れると静寂に包まれる。

多くの剣術修行者たちが、道場での稽古、指導を求めて集まってきているが、夜通しの稽古をする者はまずいなかった。薪や蠟燭《ろうそく》などの明かりの代金が高いからであった。

物見遊山《ゆさん》、名高い柳生新陰流《しんかげりゅう》とはどのていどなのかをたしかめたいといった連中は別だが、ただ単に剣術の腕を上げようと考えたら金などないに等しい。夜稽古をするほどの余裕はなかった。

「夜明けまではあと二刻半（約五時間）というところか」

寝静まっている柳生の庄に五人の影が湧いた。

「知っての通り刑部少輔《ぎょうぶしょうゆう》は、この丘の上にある館で老爺《ろうや》と二人で生活している。今回の仕事は、刑部少輔の顔か利き腕を効かなくするというものだ」

「殺してはいかぬのか」

「命までは奪うなとのことよ」

下手《へた》に生かすより殺したほうが、楽である。

「面倒な」

質問した影が嫌そうに言った。

「文句を言うな。この分も含められての褒賞じゃ。一人を傷つけるだけで二十両だぞ。不満だというならば、外れろ」

「……わかった」

金には勝てなかったのか、苦情を申し立てていた影が下がった。

「よし、いくぞ。老爺が邪魔をしたときは、遠慮しなくていい」

「おう」

「承知」

影たちが文句はないとうなずいた。

柳生の庄を貫いている街道から、少しのぼったところに柳生刑部少輔友矩《とものり》の屋敷はある。わずかに隆起した丘の上に、かなり立派な武家屋敷が建っていた。

「…………」

これ以上はまずいと、頭《かしら》が手で合図をした。

「…………」

うなずいた配下が、素早く塀を乗りこえた。

すぐに音もなく、門が開いた。

門のなかに拡がる闇へと影たちが吸いこまれていった。

「久しぶりですが、誰に頼まれました」

なかに入った影たちを出迎えたのは、塀をこえた仲間が地面に伏している側《そば》で仁王立ちする柳生左門《さもん》友矩であった。

「なっ」

奇襲したはずが待ち伏せされていたことに、影たちが驚いた。

「ここは柳生の郷。伊賀の目があることくらい知っていたでしょう」

襲撃者に対しても左門友矩はていねいな口調であった。

「散開、囲め」

影の頭分が声をあげて指示を出した。

「声に聞き覚えはないですね」

囲まれながらも、左門友矩は緊張さえ見せなかった。

「…………」

無言で右後方に取った影が襲いかかってきた。

「気配がだだ漏れです」

そちらを向くこともなく、左門友矩が一歩踏みこみながら、右脇を通すように太刀《たち》を突き出した。

「……ぐっ」

振りあげた太刀の間合いを狂わされた影が攻撃に修正を加えようとしたところに、左門友矩の切っ先が食いこんだ。

「くらえっ」

味方の身体《からだ》によって太刀の動きが阻害されている。その隙《すき》を見逃さずと、右の影が左門友矩へ斬りかかった。

「……………」

左門友矩は太刀から手を離すと、無手のまま右手の影へと身体を滑らせるように近づけた。

「えっ」

一瞬、右手の影が唖然とした。太刀を手放すだけでも常識から外れる。さらには無手で刀の相手をするなど考えられない。

「得物《えもの》がないからと戦えぬようでは、上様の警固が務まるわけはございませんよ」

笑みを浮かべて左門友矩が動きの止まった影の刃《やいば》を潜《くぐ》るように身を沈め、そのまま両手を摑んでひねった。

「あわっ」

柄《つか》は斬り裂く瞬間まで掴みすぎないという剣術の基本を守っていた影の手から、あっさりと太刀が左門友矩へと移っていた。

「戦場の経験はおありのようですが、得物《えもの》を失った場合の対応までは学ばなかったようですね」

教えるように語りかけて、左門友矩は太刀を影の首筋に沿わせた。

「ひゅううう」

首の血脈を裂かれた影が、虎落《もがり》と呼ばれる末期の息を吐きながら血を噴いた。

「手強《てごわ》いぞ、こやつ」

「話が違う」

影の頭が息を呑《の》み、残りの影が慌てた。

「どう聞いていたのですか、わたくしのことを」

二人を斬り殺したというのに一切の感情を見せず、左門友矩が話しかけた。

「将軍の寵童《ちようどう》、尻で出世した柳生の恥」

左門友矩の感情を揺さぶるためか、わざと影の頭が侮蔑の口調で答えた。

「ふむ、執政の誰かではないですね。あやつらならば、決してわたくしのことを将軍の寵童とは言いませぬ」

寵童とは、男でありながら将軍の閨に侍《はべ》る者のことであり、今の老中である堀田《ほった》加賀守正盛《がのかみまさもり》、松平伊豆守信綱《まつだいらいずのかみのぶつな》、阿部豊後守忠秋《あべぶんごのかみただあき》らも家光《いえみつ》の寵童出身であった。

男と女より男同士の方が繋《つな》がりは深くなるとされ、寵童同士の嫉妬は、親の敵よりも憎むと言われていた。

「となると誰かわかりませんね。上様の側からわたくしを排除したい者は多い。そうそう、父もその一人でした」

「つっ」

「おかしいぞ、こいつ」

口の端を吊《つ》り上げた左門友矩に影たちが震えた。

「教えてくれませんか」

もう一度左門友矩が尋ねた。

「…………」

「そうですか。教えてくれませんか。では、あなたたちは不要ですね」

口を閉じた影の頭に、左門友矩が表情を消した。

「きえええええ」

影が裂帛《れっぱく》の気合いを発した。

今まで丘下にある柳生道場を警戒して、大声を出さないようにしていた影たちだったが、なりふり構っていられなくなった。気合いで左門友矩の気を惹《ひ》こうとしたのである。

「……………」

その気合いに左門友矩が気を取られた隙をと影の頭が撃ちかかった。

「兄に遠く及ばず、父にも届かぬ」

左門友矩が行き違うように身体を動かし、一刀を避《さ》けつつ太刀を薙《な》いだ。

「ぐはっ」

上半身と下半身を斬り離された影の頭が絶息した。

「……化けもの」

残った影が、背を向けて逃げ出した。

「無駄なことを」

左門友矩は後を追わなかった。

「な、なんだったのだ、あれは。鬼か、天狗《てんぐ》か」

門を出た最後の影が恐怖におののいた。

「違うぞ。かわいい弟だ」

その影に声がかかった。

「だ、誰だっ」

影が大声で誰何《すいか》した。

「柳生十兵衛《じゅうべえ》という。一手ご指南願おうか」

「……柳生十兵衛」

名乗りを聞いた影が絶句した。

「弟が言っていただろう。ここは伊賀の耳目のなかだと」

「では、最初から……」

「郷に入った段階で知っていた」

訊いた影に十兵衛が告げた。

「なぜ、ここまで見過ごした」

見つけた段階で対応しなかったのはなぜだと影が問うた。

「左門の息抜きだな。少しは不満を解消させねば、江戸へ突撃しかねぬ」

「我らは鷹狩《たかが》りの兎《うさぎ》か」

影が憤った。

「兎ほどの手間はかからんがな」

「ふざけたことを」

獲物以下だと言われた影が激発して、十兵衛へと斬りつけた。

「遅い」

「へっ」

嘲笑された影が唖然とした。

たしかに真っ向から斬ったはずであったが、目の前に無傷の十兵衛が立っていた。

「……音」

なにかが落ちる音に影が反応した。

「腕……ああああ」

両腕がなくなっていることに影が気付いた。

「このていどで柳生へ刺客として来るとは、身の程を知らぬの。雇い主を恨むより、己の鍛錬不足を恨め」

十兵衛が影の首を突いて止《とど》めを刺した。

「兄者」

音もなく左門友矩が門から現れた。

「満足したか」

「もう少し欲しいところではありますが」

問われた左門友矩がやや満足したと言った。

「また来るだろう。それまで我慢いたせ」

十兵衛が左門友矩を制した。

三

一万石になったとはいえ、それに応じた収入が得られるのは年貢が入ってからになる。それまでは六千石の収入でやりくりしなければならなかった。

幸い、軍役に合わせて新規召し抱えをした者への禄の支給も年貢が入ってからなので、支出が劇的に増えるというわけではないのが救いだった。

「つきあいがなあ」

朝、表御殿御用部屋へ出務した一夜は蔵に残っている金を確認して頭を抱えた。

「どうした淡海」

大名になったことで用人《ようにん》から家老へと出世した松木《まつき》が、一夜に問いかけた。

「年貢が入ってないのに、付き合いは一万石としてせんならんのが厳しいですわ」

一夜が顔をあげて告げた。

「そんなに変わるのか」

「まず、祝いの席を設けなあきませんやろ」

訊いた松木に一夜が説明を始めた。

「たしかに一万石、大名になったという慶事はお披露目をせねばならぬ」

出世したとの名誉を誇るために、大名は客を招く。しかたないことだと松木が言った。

「どのくらいを呼ぶおつもりで」

「ご執政衆であろう、惣目付の方々、藩境を接するお大名方、あとは殿とお付き合いのあるお方だな」

「ざっとどのくらいの人数になりますやろう」

規模を一夜は問うた。

「そうよなあ、呼ばせていただくのは二十名ほど」

「二十……」

多さに一夜が絶句した。

「料理に酒、土産だけやない。供の方にも軽いものとはいえ、酒食を提供せねばならへん。うわあ、どんだけやねん」

「安心せい。お呼びはするが、お忙しいご執政衆はお出《い》でにならぬ。また、惣目付さま方も来られぬぞ。大監察が大名の宴席に出ては、お役目に疑義が出るからな」

「ありがたし」

松木の言葉に一夜が両手を合わせて拝んだ。

「となると十人ほど。なんとか二十両ほどで収まるか」

一夜が算盤を弾《はじ》いた。

「だが、お見えになられぬお方にも挨拶の品は要るぞ」

「十人分でっしゃろ」

忘れてはいけないと注意した松木に、一夜がわかっていると応じた。

「違う。お招きしたがお見えでないお方だけではない。近隣のお屋敷にもご挨拶をするのが慣例じゃ」

「隣近所ですか。どのくらい」

「まず敷地を接しているお屋敷、登城の途中でなにかあったときのため、辻角《つじかど》のお屋敷をいくつかだな」

「登城の途中でなにがおまんねん」

聞かされた一夜が疑問を持った。

「殿の具合が急に悪くなったときに休息をお願いするのだ」

「但馬守さまが病に……そんなことあるんかいな」

松木の返答に、一夜が驚いた。

「淡海、今のは聞き捨てならん」

すっと松木が剣呑《けんのん》な雰囲気を出した。

「そうですかあ。ほな、長屋に戻って謹慎しておりますわ」

悪びれもせず、一夜が立ちあがった。

「……待て」

ここで一夜に抜けられれば、話が止まる。松木が苦虫をかみつぶしたような顔をしながら、一夜を引き留めた。

「聞かなかったことにいたす」

松木が一夜の暴言とまではいわないにせよ、無礼な発言をなかったことにすると告げた。

「一度出た言葉は消えまへんが」

「儂《わし》にはなにも聞こえなかった」

「もう一回言いましょか」

「何度でも聞こえぬ」

　一夜の挑発に松木は乗らなかった。

「恵まれてますなあ、人に」

　しみじみと一夜が感心した。

「許すとは言えまへん、認めてしまうとそれが前例になる。一度でもそれをすると、今後家臣が殿を誹《そし》っても見逃さなあかんようになる。そんなことになれば、柳生は無茶苦茶や。家臣が主君の悪口を口にしても咎めない。そんな柳生に将軍家剣術お手直し役をさせてよいのかという話が城中に出てくる」

「……わかっていてやったのか」

「わかってはりますか」

　にらむ松木に、一夜が尋ねた。

「なにをだ」

「柳生は狙う方から、狙われる方になったということを」

　真剣な表情で一夜が言った。

「それくらいはわかっている。いろいろと殿は厳しいまねをお役目のためになさってきた。いくら御上の命に従っただけといったところで、やられた方は納得するまい。まさか、上様をお恨み申すわけにもいかぬ」

「さすが」

一夜が松木を賞賛した。

「ほな、このお祝いの席が普通ですまないとわかってますかいな」

「普通ですまぬとはどういうことだ」

松木が首をかしげた。

「執政衆も惣目付はんたちも欠席やと言いはりましたが……お見えになりますで」

「なにを馬鹿な。執政衆はご多忙だぞ」

松木が首を左右に振って否定した。

「さすがに皆さんはお見えやおまへんやろう。でも、多忙な執政、いやご老中さまがお出でになる理由はありまっせ。上様の剣術お手直し役ですからな。上様の剣術稽古の進捗《しんちょく》具合を問うとか、但馬守はんの後は誰にさせるかの心づもりを問う」

「そのていどのことでご老中さまが……」

一夜の言いぶんに松木が手を振った。

「はあ……」

盛大に一夜がため息を吐いた。

「よろしいか、将軍家剣術お手直し役、所謂《いわゆる》剣術指南役は、上様の御側《おそば》で太刀を帯びることがでける」

「……なにをっ」

松木が顔色を変えた。

「刀を帯びるだけなら、他にもいてますやろうけどな。指南役はその刀を抜いて振り回せるんでっせ」

「当たり前のことだ。忠節厚い殿が、上様の御身になにかをするなどありえぬ」

「但馬守はんはしまへんやろ。柳生が大名になれたのは上様のおかげとわかってはりますから」

松木の否定に一夜は同意した。

「次はどうですやろ」

「……次とは、殿の後ということだな」

「はい」

たしかめた松木に、一夜がうなずいた。

「それは十兵衛さまで決まりであろう」

「ありませんで」

松木の出した名前に、一夜が首を横に振った。

「柳生家の御嫡男ぞ。剣術の腕も折り紙付きだ」

「その前に、上様のご勘気に触れて、お役を外されたんと違いましたか」

一夜が指摘した。

十兵衛は十三歳で家光の小姓《こしょう》として出仕、七年間仕えたが二十歳のおりに勘気を被ってお役御免となっていた。

「…………」

松木が黙った。

「十兵衛はんがあかんとなると、どなたですかいな」

「左門さまか」

「となりますな」

左門友矩は、お役御免となった十兵衛の代わりに召し出され、十五歳で小姓となった。

天下の美人とうたわれた母藤《ふじ》の容姿を受け継いでいたことで、家光の寵童となり、七年後、徒頭《かちがしら》へ転じ家光の上洛の供をし、その功績をもって従五位下刑部少輔に任官、山城国《やましろのくに》において二千石を賜るなど厚遇された。しかし、惣目付という清廉潔白でなければならない監察の息子が、将軍の男色相手というのは外聞が悪い。ましてや、左門友矩は、寵愛《ちょうあい》深く、嫡子でもない庶子の身でありながら従五位に任官、さらに二千石を新規で賜ってしまった。

「監察だと言いながら、息子の尻は見張れぬか」

城中で聞こえるような嫌味も出だした。

「このままでは、柳生が駄目になる」

柳生宗矩は、意を決して左門友矩を徒頭から辞任させ、病療養として国元へ送り返した。

「左門はんなら、上様はご反対なさりまへん」

「ああ」

松木も首肯した。

「それを黙って見ておられぬお方がおられましょう」

一夜は左門友矩を家光の側から引き離したのは、惣目付という役目のためではなく、柳生家に嫉妬の恨みを向けるかつての寵童たちを怖《おそ》れたからだと気づいていた。

「堀田加賀守さま、松平伊豆守さま……」

「どちらかはわかりまへんけど、左門はんの復帰を望んでないお方が招待にのらはりますやろう。今後柳生家が左門はんを江戸へ戻すつもりがあるかどうかを確かめるために」

「むうう」

松木が唸《うな》った。

「あるいは……左門を始末しろと暗に指図してくるか」

「……」

柳生宗矩が御用部屋へ入ってきた。

「これは、殿」

急いで松木が上座を空けた。

「一夜、どうだ」

座りながら柳生宗矩が訊いてきた。

「それが目的ですやろう」

遠慮なく一夜が述べた。

「だが、それに従う理由はないな」

「……おめでたいことで」

拒否する柳生宗矩に一夜が笑った。

「淡海っ、無礼じゃぞ」

松木が大声で一夜を叱りつけた。

「かまわぬ。言ったところで変わるまい」

「変える気おまへんので。帰る気は満々ですけど」

怒るだけ損だと苦笑した柳生宗矩に、一夜は平然と告げた。

「なにがめでたい。今の柳生に弱みはないぞ」

柳生宗矩が一夜に、異論があるなら言ってみろと促した。

「今は見えてないだけでっせ」

一夜が息を吐いた。

「……このなかになんもなければよろしいけど」

寝る間も惜しんで確かめている帳面を一夜は指さした。

「ありそうか」

「わかりまへんなあ。一年分見るだけで数日かかりますねん。柳生家が惣目付に任じられてからだけでも相当でっせ」

「急ぎ調べよ」

「よろしいけど、こっちでけへんなりまっせ」

柳生宗矩の命に、一夜が勘定方としての役目はできなくなると応じた。

「それはならぬ。あわせてやれ」

「無茶言いはりますなあ。わたいでも一日は十二刻ですねん。増やせまへん」

「人を使え」

「使いもんにならんだけで、それを使えるようにするだけで今年は終わりますけど」

人手を増やせばいいだろうと言った柳生宗矩に、一夜が首を左右に振った。

「何を探しているのか、それを指示すれば……」

「帳面ちゅうのはでんなあ。一見、まともに見えるようにつじつまを合わせてますねん。でなければ、すぐに悪事がばれますやろ。筆の先で金を生み出す。それができるくらい頭がある。そいつが作った帳面のなかから、なにかわかっていないものを探さなあきまへんねん。なんか気になるとか、どうも数はおうてるねんけど、気持ち悪いなといった感覚でやっていく。こればかりは、毎日帳面を触っていた者やないと」

「かつての勘定方はどうだ。毎日、帳面を見ていたはずだ」

「……………」

言った柳生宗矩に一夜は憐《あわ》れみの目を向けた。

「なんだ、その目は」

柳生宗矩がいらだちの声を出した。

「そのお人らが、ちゃんと勘定方やってたら、わたいは大坂におれたんですけど」

「むっ」

反論を喰らった柳生宗矩が詰まった。

「で、どないします。帳面か、祝いの宴《うたげ》、どっちに重きをおきます」

一夜が決断を求めた。

「祝いの席はあまり延ばせぬ」

「わかりました。では、そちらから手配しますけど、けっこうな金がかかりまっせ」

まずは祝いの宴を優先すると決めた柳生宗矩に、一夜が難しい顔を見せた。

「どうしてだ」

「仕掛けられまっせ。祝いの宴で」

「……どれくらい金が要る」

「料理をあげつらうことはでけても、他人に証明できまへんよってなあ。見窄《みすぼ》らしかったとか、まずかったとか、言うたところで見せられへんし、味見はさせられまへん。見方によっては、悪口になりますわ」

ている。

「たしかに」

柳生宗矩がうなずいた。

そもそも武士は質素を旨とする。食べものにけちを付けるのは、はしたないとされている。

「となると、問題は持って帰って、他人に見せられる土産か」

「そうなりますやろなあ」

苦そうな顔をした柳生宗矩に、一夜が首肯した。

四

秋山修理亮の目の前に、薪問屋江藤屋《えとうや》が平伏していた。

「…………」

呼び出してから、ずっと秋山修理亮は無言で江藤屋に圧をかけていた。

「あのう……」

耐えきれなくなった江藤屋が、礼儀を無視して声を出した。

格上の相手と対峙《たいじ》するときは、許可を得るまで発言は控えるのが慣例となっている。

それを江藤屋は破るほど、焦っていた。

「今からの話は他言無用である。漏らせば、その首なくなると思え」

「ひえっ」

いきなり命を奪うぞと脅された江藤屋が縮みあがった。

「返事は」

「は、はい。決して口にいたしませぬ」

秋山修理亮の迫力に、江藤屋が顔を伏せて額を床に押しつけた。

「柳生家に出入りしていたの」

「いたしておりましたが、御出入り禁止を言い渡されましてございまする」

脅しに屈した江藤屋が素直に答えた。

「なぜそうなった」

「それは……」

さすがに低品質なものを、相手の無知につけこんで高値で売りつけていたのがばれてとは言いにくい。

「申せ」

ためらった江藤屋に秋山修理亮の冷たい声が刺さった。

「はい。悪い品を……」

すぐに江藤屋が洗いざらいをしゃべった。

「度しがたい者だな。商人というのは」

「申しわけもございませぬ」

柳生宗矩に謝ってもいないのに、江藤屋は秋山修理亮に平身低頭していた。

「それで納めた商品を突き返されたと」

「さようでございまする」

「そういうのはあることか」

「今までは一度も」

秋山修理亮の問いに江藤屋が首を横に振った。

「ないのか」

「はい。お武家さまは、お金については申されませぬので」

確かめた秋山修理亮に江藤屋が述べた。

「園野《そのや》」

同席していた用人に秋山修理亮が声をかけた。

「はっ」

「当家は大丈夫か」

騙《だま》されてはいないだろうなと秋山修理亮が用人に念を押した。

「…………」

園野と呼ばれた用人が無言で目を伏せた。

「あるのだな」

「申しわけございませぬ」

にらまれた園野が手を突いた。

「なぜ、対処せぬ」

「それが……」

言いにくそうに園野がためらった。

「江藤屋、そなたはわかるか」

「申しあげてもよろしゅうございまするか」

秋山修理亮の矛先が園野に向いたことで、落ち着きを取り戻した江藤屋が訊いた。

「よい」

「では、ご無礼はお許しをいただきまする。わたくしが言うのもなんでございまするが、質の悪いものとわかりながらも購入せねばならぬのは、それを拒めば代わりが手に入らぬからでございまする」

「なぜだ。いくらでも商家はあろう」

秋山修理亮が疑問を呈した。

「ございまするが、皆、通じておりまする」

「組んでいると言うか」

江藤屋の口にした意味を秋山修理亮は悟った。

「組んでいるとまでは申しませぬ。ただ、何某さまのところで断られたという話を、同業の者が集まるところで話すだけでございまする」

「……組んでいるも同じではないか。しかし、なぜ、そのようなまねができる。他から買うと言われれば、それまでではないか」

秋山修理亮が首をかしげた。

「江戸はもの不足なのでございまする」

「天下の城下町に、ものがないだと」

江藤屋の説明に秋山修理亮が驚愕《きょうがく》した。

「だからでございまする。江戸に人が集まっておりまする。その者たちが住む家が、食べるものが、どれほど要りようか」

「むうう」

「お大名さまがお屋敷を一つ建てられる。そこに職人、建材が集められまする。次に職人の住む家を建てねばなりませぬ。掘っ立て小屋でもそれなりの材料は要りまする。そして、職人は飯を喰い、女を抱きまする。そのための煮売り屋、遊郭ができ、人がますます増えまする。もちろん、そういったものを扱う商人もやって参りまするが、商品には限度がございまする。最高品質、良品質は、まず手に入りませぬ。こういったものは、江戸城あるいは大奥、御三家方がお買い求めになられまする。そうなれば、残るは普通、粗悪となりましょう。普通は、最高や良に比して多いですが、それでも江戸を賄うには足りませぬ」

「なるほど。粗悪なものしか手に入らぬのか」

「ご賢察の通りでございまする」

江藤屋が頭《こうべ》を垂れた。

「では、なぜ、柳生家はそなたを切れた」

「……それは」

頬を大きく江藤屋がゆがめた。

「それは、柳生家にいい店が出入りしたからでございまする」

「いい店とは、普通を手配できるだけの力を持っている……」

「いえ、最高でも手に入れられましょう」

問うような秋山修理亮に江藤屋が唇を噛《か》んだ。

「そのような店があるのか」

「ございまする」

「その店の名は」

「幕府御用達《ごようたし》の駿河屋総衛門」

「……御上御用達だと。その店が柳生と付き合うと」

秋山修理亮が唖然となった。

幕府御用達というのは、よほどの信頼、実績、そして幕閣に伝手《つて》を持っていないとなれるものではない。幕府御用達という看板だけで、十万石の大名に匹敵するといわれるほど権威があり、そこいらの大名はもちろん、町奉行所も迂闊《うかつ》な手出しはできなかった。

「何某さまが、わたくしどもにこのようなご無体を」

御用達の主が老中に苦情を申し立てれば、大名は叱責、町奉行は下手すれば更迭される羽目になる。

「どこで知り合ったか、知っておるか」

「どうも妙な上方言葉を話す若侍がかかわっておるようではございますが、詳細まではわかりませぬ」

追い出されたとき、一夜と駿河屋総衛門が親しげに話していた。それを江藤屋は思い出して告げた。

「あやつか」

いっそう苦い顔に秋山修理亮がなった。秋山修理亮は一夜を引き抜こうとして失敗していた。

「ご存じでございまするか」

「但馬守の庶子よ。大坂商人の娘に産ませたらしい」

思わず問うた江藤屋に秋山修理亮が教えた。

「上方商人でございましたか。どうりで手強い」

江藤屋が納得した。

「その男をどうにかできるか」

「どうにかとは」

「自家薬籠中のものにできるかと訊いておる」

問い返した江藤屋に秋山修理亮が言った。

「男を堕とすならば、女ですな」

「用意できるか」

「できまするが……」

尋ねられた江藤屋が、秋山修理亮を窺《うかが》うような目で見上げた。

「……利か」

「わたくしは商人でございまする」

「利の話になった途端、顔つきがかわったの」

先ほどまでの怯《おび》えていた江藤屋はいなくなっていた。

「柳生さまを敵に回すとなれば、それだけのものをいただかねば、割が合いませぬ」

「逆らえば、余を敵に回すぞ」

もう一度秋山修理亮が脅しにかかった。

「失礼ながら、秋山さまと柳生さまとでは、天秤《てんびん》の傾きは決まっておりまする」

「柳生を取ると申すのだな。無礼討ちにされる覚悟はあるな」

秋山修理亮が左手に置いていた脇差《わきざし》に手を伸ばした。

「………」

江藤屋が無言で秋山修理亮を見つめた。

「肚《はら》をくったか」

秋山修理亮が脇差を離した。

「当家への出入りを許す」

「………………」

江藤屋は無言を続けた。

「不満か」

「こちらの儲け、その手の内を明かしておりますれば、お出入りをさせていただいたところで、それほどの利は望めませぬ」

粗悪な品を功品質と偽って暴利をむさぼると告げたばかりである。それを秋山家の用人が認めるはずもなかった。

「甲州武田《こうしゅうたけだ》家以来の名門、秋山家への出入りという看板は大きいだろう」

「上杉《うえすぎ》さまより出入りを許されておりまする」

秋山修理亮の誇りを、江藤屋は不要だと言った。

「むっ」

秋山家の仕えていた武田信玄《しんげん》と何度も戦いを繰り返した上杉謙信《けんしん》の後継が相手では

分が悪い。

「外様の上杉より、旗本の秋山が上じゃ」

などと言えば、上杉の好敵手だった武田をも貶《おとし》めることになる。

「なにを求める」

交渉ごとで商人と渡り合える武士はそうそういない。秋山修理亮が江藤屋に望みを言えと促した。

「御上御用達の看板を」

「無理だ。惣目付の範疇《はんちゅう》ではない」

厚かましい願いを秋山修理亮が却下した。

幕府御用達という看板は、勘定方の役割になる。正式に御用達という免状をくれるわけではなく、何々という物品を幕府に、江戸城に納めることを許された店という実績ができるだけであった。

「では、勘定方のどなたかをご紹介いただきたく」

「惣目付にそのようなまねができるか」

監察が便宜を図ってくれなどと言えるはずはなかった。

「失礼をいたしましょう」

江藤屋が一礼して、辞去すると言った。

「待て。このまま帰らせるわけにはいかぬわ」

秋山修理亮が江藤屋を制した。

「利がなければお断りを」

「密《ひそ》かに始末することもできるのだぞ」

殺してどこかへ捨てるぞと秋山修理亮がまたも脅した。

「こちらに呼ばれていると店の者に申しております。主が帰らなければ、その旨を町奉行さまに……」

「…………」

町奉行の名前に秋山修理亮が黙った。

旗本のなかで優秀だと認められた者が、町奉行を務める。町奉行は役高三千石、旗本としてはほぼ上がり役になるが、それでも上はまだある。

その一つが惣目付であった。

町奉行をしている者は旗本であり、惣目付の監察を受けない。その町奉行所に惣目付の秋山修理亮のもとに出向いた江藤屋が帰ってこないという訴えが出れば、嬉々《きき》として対応してくれる。

言うまでもないが、町奉行所は旗本屋敷に手出しできない。だが、できるところに話を持ちこめばいい。

「秋山修理亮の屋敷に疑義あり」

旗本を管轄する目付へ町奉行から要請を出すことはできる。そして、目付は町奉行からの要請を拒否できるが、まずそうせず引き受ける。

というのは、目付は若年寄支配で旗本を監察し、惣目付は老中支配で大名を監察すると分かれているため、惣目付から目付への口出しはできない。また、同じ監察として、功を競うというところもある。

「旗本が旗本を……」

同じ徳川《とくがわ》家の家臣同士の監察は、どうしてもしにくいし、評判も悪くなりやすい。対して惣目付は、かつて徳川家に従っていなかった外様大名を監察訴追するため、いい気味だと幕府内部での評価は高い。

「我らはどうすれば」

目付たちにしてみれば、まじめにお役目を果たすほど、情のない奴《やつ》とか、同僚を売って出世したいのかと誹《そし》られる。

その違いに目付たちは不満を持っている。

さらに目付の出世の先の一つに遠国奉行がある。その遠国奉行を務めれば町奉行になることができる。

つまりは、町奉行の要請を受けて惣目付を監察、秋山修理亮を失脚させられれば、一つ空いた惣目付の席に町奉行が座り、代わりに空席となった町奉行に遠国奉行が栄転、そして足りなくなった遠国奉行に目付から異動。非常に迂遠《うえん》だが、目付にとっては立身の道が一つできることになる。

当然、目付は必死になる。いかに惣目付とはいえ、旗本でしかない秋山修理亮に目付の探索、調査、聴衆を拒むことはできない。

「なんとか、勘定方に伝手を作ってやる」

秋山修理亮が抵抗をあきらめた。

第二章　策と無策

一

唐物《からもの》問屋淡海屋《おうみや》は大坂でも指折りの大店《おおだな》で、その資産は数万両をこえている。いや、その金より淡海屋の資産で大きなものは、大名、豪商、公家《くげ》を網羅している人脈であった。

「淡海屋が言うならまちがいあるまい」

「目利きで淡海屋さんより上はいまへん」

「淡海屋が申すならば、麿《まろ》が筆書きをいれるでおじゃる」

商人にとってなによりの財産は信用であることを、淡海屋は証明していた。

「淡海屋はん、お孫はんがお侍になったらしいなあ」

「跡継ぎがいてはらへんのは、お困りですやろ」

その淡海屋七右衛門《しちえもん》のもとに、一夜が柳生家へ引き取られたことを知った親戚、知人が毎日のように訪れるようになっていた。

「永和《とわ》はん、白湯おくれな」

「茶を淹《い》れてんか、須乃《すの》はん」

そういった連中が来るたびに、淡海屋七右衛門は信濃屋《しなのや》の娘たちに相手をさせていた。

「はい、お爺《じい》さま」

「いつも通り、温《ぬる》めでよろしいん」

永和も須乃も素直に従うし、淡海屋七右衛門のことをじつの祖父のように慕っている様子を見せる。

「あの娘はんは」

「一夜の嫁になる娘はんですわ。商いを手伝《てつど》うてくれてますねん」

「嫁……ですかいな。それは」

たいがいの客はこれで帰る。

「いつ帰ってきますねん、一夜はんは」

「武家になられた以上、店は継ぎませんやろ」

なかには淡海屋の財を諦めきれない者もいる。

「うちは淡海屋はんの父親の従兄弟《いとこ》の筋やさかいな。血も近い」

「小さいとはいえ、わたしは唐物を扱うてます。まるっきり商い違いの者が継いで、せっかくのお付き合いが切れてしまうのはもったいないでっせ」

いろいろな理由を付けて、淡海屋の家督を狙っていた。

「ふざけるな、ちゅうねん」

淡海屋七右衛門は表向き、淡々とそういった連中をあしらっていたが、内心では腸《はらわた》が煮えくりかえっていた。

「佐登《さと》が、一人で子を産んだときは、散々ふしだらやとか、どこの馬の骨かわからん男の子なんぞ、捨ててしまえとか言いくさったくせに」

「お爺さま」

「落ち着かな、あかんえ」

永和と須乃が、今日もやってきた親戚という馬鹿を追い返した淡海屋七右衛門の怒りを抑えた。

「そうやな。あんなんの相手をまともにしたら、怒りで頭の血が上ってまうわ」

淡海屋七右衛門が大きく息を吸って吐き、落ち着こうとした。

「しかし、あの阿呆《あほ》どもは、なんで淡海屋の跡を継げると思うたんやろ。別段、商いで名をなしているわけではなし、どこぞの茶人、粋人《すいじん》の贔屓《ひいき》をもろうてるというわけでもないのに」

どこから大坂一、すなわち天下一の唐物問屋を吾（わ）がものにできるという根拠が出てきたんだと、淡海屋七右衛門が首をかしげた。

「愚かな男《おとこし》はんちゅうのは、わけのわからない自信をお持ちですから」

永和が嘆息した。

「そうやなあ、なんか天下の女《おなご》は全部、俺に惚《ほ》れていると勘違いしてるお人は多いなあ」

須乃も苦笑した。

「一夜はどうやった」

淡海屋七右衛門が二人に訊《き》いた。

「商いへの想《おも》いは強いと感じましたけど……」

「わたしら三人にいやらしい目は向けはれへんかった」

二人姉妹が小首を傾けながら思い出した。

「なあ、お爺はん」

「なんや、須乃はん」

ふと気になったという感じの須乃に、淡海屋七右衛門が応じた。

「一夜はんは、女《おなご》はんとできるん」

「これっ、なにを」

あけすけな質問をした須乃に、永和が顔を赤くした。

「なるほど、なるほど。一夜の嫁になろうかちゅうおまはんからしたら、気になるわなあ」

淡海屋七右衛門の表情が一気に崩れた。

「すみまへん、すみまへん、この子、ちょくちょく思い切ったことを口にしますねん。どうぞ、忘れてやっておくれやす」

永和が慌てて詫《わ》びた。

「なにええかっこしてんねんな。姉《ねえ》はんかて気になるやろう」

「須乃っ」

口の端を吊《つ》りあげながら、須乃が永和をからかった。

「あははっは」

姉妹の遣《や》り取りに淡海屋七右衛門が声をあげて笑った。

「いやあ、おおきにやで。おかげで気が晴れたわ」

淡海屋七右衛門が笑いながら、姉妹に頭を下げた。

「…………」

「えへ」

黙った永和と照れくさそうに須乃が顔を見合わせた。

「御礼《おれい》ちゅうわけやないけどな。一夜はちゃんとできるで。新町《しんまち》に馴染《なじ》みの妓《おんな》がいてるからの」

「……まっ」

「馴染みかあ」

淡海屋七右衛門に教えられて、永和が赤面し、須乃が難しい顔をした。

「大店ちゅうもんは、跡継ぎが要る。代を継ぐ者、財を護《まも》り増やす者がいなければ、商いはなりたたへん。どんな客でもこの場限りで、後は野となれ山となれという主《あるじ》相手に大きな商いはしてくれへん。商売の相手が死んでも、跡を継いだ者がいれば商品の面倒を引き続き見てくれる。そう思えばこそ大枚を支払ってくれる。とくにわけのわからん到来物を扱う唐物屋は、そこが大事や。もし、たいした価値のないものを高値で売りつけられたらという不安がどうしても付きまとう」

しゃべった淡海屋七右衛門が、口の渇きを気にして白湯を含んだ。

「大坂一の目利きなんぞと持ちあげられたところで、神さんやない。見たことないものの目利きはでけへんし、知っていても騙《だま》されるときはある。こっちはええもんやと思うてお客はんに売って、わたいが死んでから偽もんやったとしたら、どうなる。わたいの名前が地に落ちるくらいならまあええ。ただそのとき、跡継ぎがしっかりと詫びを入れて、代金を返してと後始末をしてくれれば、淡海屋の暖簾《のれん》に傷は付いても浅くてすむ」

「たしかに」

「そうですなあ」

姉妹が揃《そろ》ってうなずいた。

「商いは三代先を見据えてするもんや」

「さすが……」

「すごいなあ」

断言した淡海屋七右衛門に、姉妹が感嘆した。

「というたところで、今日の売り上げがなかったら、三年先どころか、明日のおまんまさえ食いあげになるけどな」

淡海屋七右衛門がおどけて見せた。

「…………」

「心配しいな。一夜には、その辺をしっかり教えこんである。一夜が帰ってきたら、忙しゅうなるで」

落ちを付けられて唖然《あぜん》とする二人に、淡海屋七右衛門が笑った。

淡海屋七右衛門にあしらわれた親戚筋の商人が不満を露《あら》わにしていた。

「跡取りの孫がおれへんなったら、淡海屋を継ぐのは、この儂《わし》、西屋荘兵衛《さいやそうべえ》しかおらんやろうが」

店に帰ってきた西屋荘兵衛が憤懣《ふんまん》を口にした。

「旦那《だんな》、金策はどないに」

おずおずと番頭が問うた。

「あかんわ。淡海屋の爺《じじ》い、儂の言うことを聞きやがれへん」

「それは困りますわ。五日後に支払いがおますねんで」

首を横に振った。西屋荘兵衛に番頭が悲壮な顔をした。

「東海屋《とうかいや》の支払いか。待ってもらえ」

「もう無理でっせ。すでに期限から一月《ひとつき》以上、遅れてますねん。今度払えへんかったら、店を明け渡してもらうと」

簡単に言った西屋荘兵衛に、番頭が顔色を変えた。

「いくらやったか、借りたんは」

「……一千五百貫で」

金額も覚えていない主に、番頭の口調が険しくなった。

「一千五百貫かあ、三百八十両ほどやな。なんに使うたか覚えてないわ」

「………」

あっけらかんとしている西屋荘兵衛に番頭が啞然とした。

「店、なくなりまっせ」

番頭が冷たい声で言った。

「そんなことないやろ。多少不便なところやとはいえ、四天王寺《してんのうじ》はんの門前に近いとこやで。参詣の人も通る。商いには向いてる場所や。たたき売っても五千貫、腰入れて欲しいちゅう人を探せば、八千貫くらいにはなるやろ。それを一千五百貫くらいで取られてたまるかいな」

「利が付いて、一千五百貫は三千五百貫になってます」

「二千貫も増えてるやないか。そんなわけないやろ」

西屋荘兵衛が驚いた。

「旦那が東海屋はんと直接話して決めはったんですがな」

「高すぎや。お奉行所に訴えて……」

「お認めくださりませんで。証文がおます。証文があれば、それを守るのが商い」

番頭が首を左右に振った。

「しゃあかて、あまりに暴利や」

西屋荘兵衛がようやく危機感を感じた。

「なんとかならへんか」

「今のままやったらなりまへんわ」

番頭は手はないと断じた。

「売れるもんは……」

「もう売ってしまってますわ。残っているのはお客はん相手の小銭商いのぶんだけでっせ」

店を開けなければならない分の商品はあるが、それ以外はなにもないと番頭が告げた。

「どっか金を貸してくれるところは……」

「あるとでも」

番頭が氷のような目を向けた。

「なんともならんのか」

「なりまへんなあ。よいしょっ」

嘆息した西屋荘兵衛に同意しておきながら、番頭が腰をあげた。

「ほな、わたいもこれで辞めさせてもらいますわ」

「何を言い出すんや」

辞めると言いだした番頭に、西屋荘兵衛が慌てた。

「長いこと給金ももろうてまへん。手代《てだい》も丁稚《でっち》も女中も皆、辞めました。なんとか番頭にまで引きあげてもろうた先代の恩に報いようと辛抱してきましたけど、もう無理ですわ。旦那と死なば諸共《もろとも》は、御免でっさかいな。ほな、お達者で」

「待て、待て」

引き留める西屋荘兵衛に目もくれず、番頭が出ていった。

「この、恩知らずがああ」

大声で西屋荘兵衛が罵《ののし》ったが、なにも返っては来なかった。

「あかん、このままやったらじり貧や」

商いの失敗は誰にでもある。ただ、その失敗をどうするかで商人としての価値が決まる。

一度すべてを失っても、それを挽回《ばんかい》できれば、大坂でも一目置かれる。ぎゃくに、そのまま落ちていけば、二度と相手にされない。

「西屋の暖簾をなくしてたまるか」

目を吊り上げた西屋荘兵衛が宣《せん》した。

二

大名の祝い事は、屋敷に客を招いておこなわれた。

「料理の段取りはでけてるな」

「できておりまする」

「酒は足りてるか」

「四斗樽《しとたる》を五つ手配いたしておりまする」

「……二十斗かあ、ちぃと不安やな。もう四斗手配しといてんか」

「そんなに……」

一夜と宴《うたげ》の打ち合わせをしている台所方が目を剝《む》いた。

「足らんなる気がすんねん。余ったら、どうにかするさかい」

一夜が台所方に頼んだ。

「わかりましてござる」

勘定方の頭である一夜の指図に逆らうことはできないと、台所方が首肯した。

「おっ……ちょうどええとこに。暇か、素我部はん」

通りかかった門番の素我部一新《いっしん》を一夜が呼び止めた。

「夜直明けじゃ。暇だが眠い」

素我部が嫌そうに頰をゆがめた。

「ちょっとだけ手伝うてえな」

「……おぬしに言われると断れん。妹の面倒を見てもらってる」

大きくため息を吐《つ》いて素我部が同意した。

「助かるわ。知っての通り、明後日《あさって》、祝いの宴が開かれるやろ。その確認をしてるんやけど、手が足らんでな。膳とか杯の具合を確かめられてないねん」

一夜が述べた。

「ようは、膳などの塗りに傷がないか、見てこいと」

素我部が一夜の要求を理解した。

「そうやねん。頼むわ」

一夜が両手を合わせた。

「後で酒でもおごれよ」

「それくらいでええんか。なんやったら吉原《よしわら》でも一緒に行こか」

手間賃代わりを寄こせと言った素我部に、一夜が上乗せをした。

「おぬしと吉原……勘弁してくれ。佐夜に殺されるわ」

素我部が手を横に振った。

「なんでやねん」

「……おまえは、はあぁ」

首をかしげた一夜に、素我部が肩を落とした。

「台所にいけばよいのだな」

「頼むわ。少しでもおかしいのがあったら、除《の》けてや」

「言っておくが、吾《われ》では真贋《しんがん》まではわからんぞ」

「かまへん、かまへん。それは後で鑑《み》るわ」

釘《くぎ》を刺した素我部に、一夜が大丈夫だと手を振った。

「さて、続きをしようか」

素我部を見送った一夜が、台所方との打ち合わせに戻った。


一刻半《いっときはん》(約三時間)ほどで打ち合わせを終えた一夜は、屋敷内の道場で初心の者の相手をしていた武藤大作《むとうだいさく》を訪れた。

「武藤はん」

「淡海どのか。どうした」

武藤が木刀をさげて問うた。

「ちとつきおうて欲しいねん」

「外出か。しばし、待たれよ。身なりを整えて参る」

「脇門で待ってるよって、ゆっくり身支度してくれてええで」

一夜が武藤大作に告げた。

甲賀者の手引きで秋山修理亮と会ったことが、一夜の行動に制限を付けた。

「一人で出歩くことを禁じる」

柳生宗矩から、一夜はそう命じられてしまった。

「面倒やなあ」

勘定方としての役目だけを果たしに、一夜は江戸へ来たわけではない。一夜は淡海屋を継いだ後、商いを江戸へ広げるつもりでいた。

「よしなにお願いしまっさ」

柳生家の名前は、初見という壁を破るのに大きな武器となる。

「主にお目にかかりたい。拙者柳生但馬守の家中《かちゅう》で勘定方を務める淡海と申す者」

こう名乗れば、まず断られることはない。

「もとは上方の唐物屋淡海屋の跡取りですわ。いずれ致仕《ちし》して店を継ぎますねん」

会えば、こちらの本業を明かせばいい。

「大坂の唐物問屋の淡海屋さん」

大店ほど持ちこまれた話の真贋を確認する。江戸と上方は往復で十日以上かかるとはいえ、それでも一ヶ月ほどで、一夜の身元は知れる。

「上方で一番と言われる唐物問屋」

そうなれば、向こうも一夜を無視はできなくなる。

「よきお付き合いを」

こうして一人の商売相手ができる。

これを繰り返して、一夜は江戸での伝手《つて》を増やそうと考えていた。いわば、柳生が一夜を利用するならば、一夜も柳生を利用するという、持ちつ持たれつに近い。

実際は、そんなきれい事ではなく、どこで相手を食い破るかという闘争であったが、それが早速破綻してしまった。

「秋山修理亮はんも甘いわ」

脇門で武藤大作を待ちながら、一夜は愚痴った。

「二十石なんぞで、でける人を手に入れられるわけなかろうが」

柳生家の家禄《かろく》百石に二十石足してやるから、こっちに鞍替《くらが》えしろと秋山修理亮は、一夜を誘った。

四千石の旗本である秋山修理亮にとって、百二十石は大きい。単純に比較するだけなら、四万石だと一千二百石、四十万石だと一万二千石に値する。どちらも門閥家老か、一門の重臣でもどうかという好待遇になる。

「精一杯出してくれたんやろうとは思うけどなあ」

一夜は要求しなければ一門として無給でこき使うつもりでいた柳生宗矩より、秋山修理亮のほうがまともだと思っていた。

「石田三成《いしだみつなり》と島左近《しまさこん》やないけどなあ、心意気っちゅうもんを見せてもらわんと」

一夜は苦笑した。

石田三成と島左近の話は、戦国の美談として伝えられていた。豊臣秀吉《とよとみひでよし》に取り立てられた石田三成だったが、出が小坊主だったため、配下に名のある部将がいなかった。

そこで石田三成は大和《やまと》の国主だった筒井《つつい》家で重臣として務めながら、当主と合わず退身した島左近に目を付けた。

「今は小身《しょうしん》なれば、これだけしか遇せられぬが、吾が立身のたびに半知を与える」

石田三成は四万石の半分二万石をもって島左近を招いた。

「武士は己を知る者のために死ぬ」

引く手あまたであった島左近は、自らと同じだけの禄を出してくれた石田三成に感動し、その家臣となった。この後、島左近は石田三成の軍配を預かり、関ヶ原《せきがはら》の合戦では家康方に与《くみ》した武将たちの心胆を寒からしめる働きをみせ、見事に討ち死にしたと言われている。

「まあ、二千石くれると言われても困るけどなあ。わたいは武士にはならん。阿呆な主君でも我慢せんならんなんぞ御免やし、ここぞという勝負が醍醐味《だいごみ》の商売から離れるなんぞ、耐えられへんわ」

「……待たせたの」

独りごちている一夜のもとに武藤大作が近づいてきた。

「すまんなあ。別に一人でもええねんけど」

「殿のお言葉じゃ。今度は生きて帰られるとは限らんぞ」

ため息を吐《つ》く一夜に、武藤大作が厳しい口調で言った。

たしかに甲賀者の誘いに乗って、秋山修理亮のもとまで連れていかれたのだ。もし、甲賀者のへの指示が殺せであれば、ここに一夜はいなかった。

「それを言われると、ぐうの音《ね》も出んわ」

一夜は素直に認めた。

「で、今日はどこへ行く」

「駿河屋はんのとこや」

「よし」

武藤大作が、露払いをするように先に立った。

江戸城出入り、諸大名御用承りの駿河屋は、大店中の大店であった。

「お待ちもうしておりました」

今回はちゃんと前触を朝の内に出してある。駿河屋総衛門は、一夜の来訪を待っていてくれた。

「どうも、いつもすんまへんなあ」

一夜は遠慮なく、客間に腰を下ろした。

「拙者はここで」

あくまでも警固だと言いはって武藤大作は廊下で控えた。

「ずいぶんと遣われるお方でございますな」

駿河屋総衛門が茶の用意をしながら、武藤大作に感心した。

「さすがにお見抜きでんなあ」

一夜が駿河屋総衛門の眼力に感嘆した。

「人ものも真贋というのは、自《おの》ずと知れるものでございますから」

「たしかに。勉強させてもらいました」

駿河屋総衛門の言葉に、一夜が大きくうなずいた。

「で、失礼ながら、はっきり言うて欲しいですけど、わたいはどないですねん」

「偽物ですなあ。それもかなり質《たち》の悪い」

茶を点《た》てながら駿河屋総衛門が告げた。

「うわあ、泣きそうですわ」

言われた一夜が両手で顔を覆った。

「武士としてはですが……商人として本物」

駿河屋が茶碗《ちゃわん》をすっと一夜に差し出した。

「いただきまする」

一夜が口調をあらため背筋を伸ばして、茶道の礼に即した。

「……結構なお点前《てまえ》で」

ゆっくりと茶を楽しんだ一夜が、茶碗を愛《め》でるように見た。

「志野《しの》と観《み》ました」

「お見事でございまする。初期の無地志野。無銘ですが、掌《てのひら》になじむ手触りがよいと思っておりまする」

一夜の目利きを駿河屋総衛門が認めた。

「……さて、お話を伺いましょう」

大店の主ともなると、いきなりの商談はまずしない。己の分の茶を点て、一服してから駿河屋総衛門が、一夜を促した。

「駿河屋はん、お付き合いのある干物屋はおまへんか」

「干物屋ですか。それはございますが」

予想していなかった要求に、駿河屋総衛門が驚いた。

「ご紹介すればよろしいので」

駿河屋総衛門が問うた。

「いずれはお願いしますけど、今は違いますわ」

「はて、どういたせば」

首を左右に振った一夜に、駿河屋総衛門が困惑した。

「駿河屋さんの名前で、明日鮑《あわび》と鯛《たい》と伊勢海老《いせえび》を八十ずつ注文してもらいたいんです」

「明日……はて、柳生さまのお祝いは明後日《あさって》だと聞いておりますが」

一夜の求めに駿河屋総衛門が困惑した。

「そうですねんけどな。どうも嫌な気がしますねん」

「嫌な気……誰かが柳生さまのお祝いを邪魔すると」

すっと駿河屋総衛門の目が細められた。

「そうですねん。普通一万石ていどの大名の祝宴にご老中はんは来はりませんやろ。それこそ代理も寄こさない」

老中の権威は御三家を凌《しの》ぐ。その老中が、いかに将軍家剣術お手直し役とはいえ一万石の柳生家へ直接足を運ぶことはありえなかった。

「どなたがお見えに」

「堀田加賀守さま」

「なるほど。上様のご寵愛《ちょうあい》ですか」

名前を聞いた駿河屋総衛門が首肯した。

「男の嫉妬は、女の嫉妬より怖いと申しますな」

駿河屋総衛門が苦笑した。

「承りましたが、前日だと魚は悪くなりますよ」

「一夜干しにしてもらいたいんですわ」

懸念する駿河屋総衛門に一夜が答えた。

「ああ、それで干物屋だと」

駿河屋総衛門が納得した。

「すぐに手配させましょう。明日の朝網で日本橋《にほんばし》へあがったもののなかから、最高のものを押さえなければなりません」

「助かります。代金はわたいが」

言った駿河屋総衛門に、一夜が告げた。

「柳生さまではございませぬので」

「そんな金、柳生におますかいな。後日、大坂から為替《かわせ》でお支払いしますわ」

首をひねった駿河屋総衛門に一夜が続けた。

「金で恩を売って、適当なところで辞めますねん。引き留めたいなら、全部金を返せと言えば、なんも言えませんわ」

「よろしいのですか、お武家はんは平気で踏み倒しますよ。さすがに淡海さまを縛り付けてはおけなくなりましょうが、大損することに」

「千両やそこらなら、江戸と大坂でものを動かせばすみますやろ」

「やはり、欲しい」

あっさりと言った一夜に、駿河屋総衛門が思わず口にした。

「では、お願いしますわ」

藩に戻ってしなければならないことが溜《た》まっている。

用をすませた一夜が駿河屋総衛門の前を辞した。

「なんとかして、祥《さち》と顔合わせさせなければ」

駿河屋総衛門が、決意した。

三

老中首座堀田加賀守は、柳生家から届けられた宴への招待状を、ゆっくりとゆっくりと細く細く引き裂いていた。

「左門の親ごときが、余を招くなど、身の程を知らなすぎる」

小姓《こしょう》も近習《きんじゅ》も下げて、一人になった堀田加賀守が眉間《みけん》にしわを寄せた。

「左門を上様の側から引き離したことは認めてやるが、始末もせずに生かしておくなど論外じゃ。上様のご寵愛を受けてよいのは、余一人」

すでに成人をこえ、壮年と呼ばれる歳《とし》になった堀田加賀守は家光の閨《ねや》に呼ばれることはない。いや、左門友矩が家光のもとに来てからは、かろうじてあった抱擁さえもなくなった。

「上様をたぶらかす女狐《めぎつね》め」

堀田加賀守にとって、左門友矩は男に媚《こ》びを売る女よりも憎むべき相手であった。

「伊豆どもはまだ余に遠慮するだけかわいげがあった」

やはり小姓のころから家光の寵愛を受けた松平伊豆守たちは、堀田加賀守に遠慮して、閨御用の何度かを体調不良を言いわけに譲っていた。

事実、閨御用がなくなった代わりとして、御成《おなり》という家光が屋敷に来て一夜泊まっていくという名誉の数で、堀田加賀守の二十回超えに比して、松平伊豆守、阿部豊後守はそれぞれ二回ほどでしかない。

しかし、左門友矩は違った。

「上様……」

家光によって男色を教えこまれた左門友矩は夢中になり、周囲が見えなくなった。

「お慕い申しておりまする」

閨に呼ばれるたびに、全身で愛情を表現し、

「愛《う》い奴《やつ》じゃ」

家光も素直な左門友矩の思慕をかわいいと愛でた。

「上様……」

同じように堀田加賀守がすり寄っても、

「いつも頼りにいたしておるぞ。そなたがおるゆえ、躬《み》は安心いたしておる。これからも政《まつりごと》に邁進《まいしん》してくれるよう」

家光に制される。

老中首座であろうが、かつての寵臣《ちょうしん》であろうが、家光の許しなく御座の間上段へ入ることはできなかった。もし、強行すれば、家光の後ろに控えている太刀持ちの小姓を始め、御座の間に詰めている小姓番たちが堀田加賀守へ斬りかかる。

小姓番は将軍最後の盾なのだ。もし、老中首座だからと遠慮し、家光になにかあれば腹を切ったくらいではすまない。

「改易《かいえき》」

己の家はもとより、九族まで潰される。男子は切腹、女は流罪になる。

「……………」

制止の声さえかけずに、堀田加賀守を殺しにかかる。

「おのれえ」

堀田加賀守が左門友矩を憎んだのも当然であった。

「柳生の郷で左門を守ろうとするなど」

家光の寵愛を受けている左門友矩を江戸で害することはできなかった。

「下手人を捜し出せ。決して逃すな」

もし、左門友矩を殺せば、家光は激怒する。

そして家光の下知は、幕府すべてを動かす。そうなれば、堀田加賀守といえども、逃れるすべはない。

「残念だ」

捕らえられた堀田加賀守は、家光の前に引き出され、落胆の声をかけられる。

「そちには、期待していたのだが、躬の目が曇っていたようだ」

家光にため息を吐かせる。

これだけは堀田加賀守はできなかった。

「堀田家が潰れようが、老中を罷免されようがかまわぬが、上様に失望されるのだけは我慢ならん」

堀田加賀守は、歯がみする思いで左門友矩に手出しをしなかった。

その左門友矩が柳生へ病気療養という名目で引きこんだ。

「好機じゃ」

江戸でない、大和の片隅となれば、将軍の目も届かない。

堀田加賀守は積年の恨みとばかり、刺客を送り続けた。だが、いまだに吉報は届いていなかった。

「柳生の守りは堅い」

将軍へ剣術を教える家柄だけに、国元にも腕の立つ者は多い。また、伊賀者との付き合いも深く、刺客や忍《しのび》なども寄せ付けない。

「なれば、守りを外してくれる」

堀田加賀守は柳生家へ手出しをすることにした。

「柳生の功績をお褒めになられれば、左門も喜びましょう」

家光に堀田加賀守は囁《ささや》いた。

「そうよな。なれば、大名にしてやろう。それがよいな。させたいこともある」

堀田加賀守の推挙を家光は受け入れ、柳生家は元高の倍近いという異例の加増を受け、大名に列した。

大名になれば、旗本の役目である惣目付は辞めなければならなくなる。そして、惣目付という権を失えば、老中にとって一万石くらいの大名を潰すなど、小指一つ動かすていどでできる。

「すぐに潰せるものではない」

堀田加賀守も柳生宗矩を一撃で砕けるとは思っていない。言ったところで、柳生家は将軍家剣術お手直し役として、家光近くに侍《はべ》っている。いかに老中首座の堀田加賀守といえども、手出しは難しい。

「一度では割れぬ大岩も、何度か叩《たた》けばひびが入る。その最初の一打としてくれようぞ」

堀田加賀守が暗い嗤《わら》いを浮かべた。

「誰ぞ、ある」

「お呼びでございまするか」

主君の思索の邪魔にはならないが、呼ぶ声は聞こえるところで待機していた小姓がすぐに応じた。

「町奉行をこれへ」

「月番のお方でよろしゅうございますか」

町奉行には南北があり、月替わりで訴訟などを受け付けていた。

「かまわぬ」

堀田加賀守がうなずいた。


老中は城中御用部屋で執務をするより、屋敷で仕事をするほうが多かった。これは老中が遅くまで残って仕事をしていては、下僚がやることを終えても下城しにくくなるからというのと、城中で役人を呼び出すより、屋敷で面談する方が衆目を集めにくいからであった。

「お召しと伺いまして」

南町奉行加賀爪民部少輔忠澄《かがづめみんぶしょうゆうただすみ》が、半刻（約一時間）足らずで伺候した。

「うむ」

拡大を続ける江戸の町を管轄する町奉行は、月番か否かにかかわらず多忙を極めている。それを呼び出したというのに、労《ねぎら》いもしないのが老中の権威であった。

「明後日だがの」

「はい」

「日本橋の魚河岸を閉じさせよ」

「はあっ」

予想していなかった指図に、老練な旗本である加賀爪民部少輔が唖然となった。

「聞こえていたな」

「理由《わけ》を教えていただいても」

魚河岸を一日閉じさせるとなれば、江戸の町に及ぼす影響は大きい。毎朝、魚河岸に集められた魚を買い求めに多くの客が日本橋にやってくるのだ。それが閉鎖されているとなれば、来た者は無駄足になる。

「なぜ買えない」

集まってきた者が不満を抱くだけではない。

「商いができないじゃないか」

魚河岸に品物を持ちこむ漁師たちも怒る。

加賀爪民部少輔が理由を問うたのも当然であった。

「御上《おかみ》の都合じゃ」

理由は言えないと堀田加賀守が拒んだ。

「承知いたしました。では、早速に触れを」

「ならぬ」

すぐに魚河岸へ報《しら》せを出し、せめて漁師の無駄足を防いでやろうと腰を上げかけた加賀爪民部少輔を、堀田加賀守が止めた。

「それはあまりに」

「御上の都合である」

抗弁しかけた加賀爪民部少輔を堀田加賀守が黙らせた。

「魚河岸への指図は、明後日の夜明けと同時にいたせ。よいか、どのような理由があろうとも、あらかじめ商品の納入を約束していたとしても、一切の商いを禁じる」

「約束していたものもならぬと」

「そう言ったが、聞こえなかったのか。それでは町奉行の激務は務まるまい」

思わず問い直した加賀爪民部少輔を堀田加賀守が免職をにおわせて脅した。

「いえ、わかりましてございまする」

そう言われてしまえば、加賀爪民部少輔は従うしかなかった。

「ああ、隠れて商いをされても困るゆえな。しっかりと見張りの者も出せ」

「手配いたしまする」

加賀爪民部少輔は堀田加賀守の言いなりになった。

「ところで、御上への献上はいかがいたしましょうか」

「献上……鱚《きす》か」

言われて堀田加賀守が考えた。

日本橋の魚河岸からは、将軍家へ商いの場を提供してもらっているという感謝の意をこめて、鱚が二十匹毎朝献上されていた。

魚偏に喜ぶと書く鱚は、縁起の良い魚として、将軍、御台所、世子の食卓に二匹ずつ載せられるのが慣例となっていた。

「上様にご迷惑がかかってはならぬ。献上だけは許せ」

家光への影響は認められない。堀田加賀守が都合のよいことを口にした。

「ああ、言うまでもなかろうが、決してこのことを明後日の朝まで漏らすな」

険しい顔で堀田加賀守が釘を刺した。

「そのように」

加賀爪民部少輔が、承知して下がった。

「……祝いの席に喜びの魚がない。これは招いた客を愚弄しているに等しい。老中首座にそのようなまねをして、ただですむと思うなよ」

冷たい嗤いで堀田加賀守が口をゆがめた。


柳生宗矩からの招待を惣目付部屋は総意をもって断ると決めた。

「先日まで同僚であったとはいえ、今は監察する側とされる側になっている。いわば、敵対関係じゃ。かつての同僚同士なれ合っていると取られては、惣目付の面目がなくなってしまう」

柳生家が一万石に届いていなければよかった。九千九百九十九石までならば旗本であり、惣目付の管轄ではなくなるからだ。

「やむなし」

柳生宗矩の様子を直接確かめ、どのていど己のやっていたことを摑《つか》んでいるかという感触を得たかった秋山修理亮も、惣目付の総意となればどうしようもない。

「代理も祝いの使者も出さぬ」

柳生家の祝いには一切かかわらぬと惣目付たちは決断した。

「まあいい。祝宴が終わったと安堵《あんど》したところに、召喚してやる」

秋山修理亮は静かに決意した。


祝宴の当日は、晴天であった。

「お客さまがお見えになるのは、昼過ぎの八つ（午後二時ごろ）あたりからになる。それまでに準備を整える」

家老の松木が夜明け前から、藩士を集めて気合いを入れた。

「この祝宴には、畏《おそ》れ多いことに老中首座の堀田加賀守さまもおいでくださる。御三家の祝宴でもお見えになることがないという堀田加賀守さまのご来訪をいただくのだ。無事に成功させ、ご機嫌麗しくお帰りくだされば、柳生家は面目を大いにほどこすことになる。よいな、庭の石、廊下の埃《ほこり》一つ見逃すな」

「はっ」

念を押した松木に、藩士一同が唱和した。

「よし、かかれ」

松木の合図で、藩士たちがそれぞれの役割のために散っていった。

「…………」

勘定方は、当日になるとやることはなくなる。後は宴の後の支払いをすませるだけであった。

「……ご家老」

日が昇って一刻半ほど経《た》ったころ、台所方の者が蒼白《そうはく》な顔色で御用部屋へ駆けこんできた。

「どうした」

その様子に松木が緊張した。

「やっぱり」

御用部屋の隣、勘定方詰め所で控えていた一夜が、騒ぎに呟《つぶや》いた。

「な、なんだとっ。魚河岸が閉鎖されているだと。まことか」

松木の大声が屋敷中に轟《とどろ》いた。

「出入りの魚屋が詫びに参りました。なんでも不意に今朝夜明けと同時に町奉行所の役人が魚河岸に来て、献上ものを除くすべての商いを停止すると命じたそうでございまする」

「な、なぜだ。理由は」

「わからぬそうでございまする」

慌てる松木に台所方の者が首を横に振っていた。

「我らは十日も前から商品を買い付けていたのだぞ。その約定に従ってなんとかもらい受けることはできぬのか」

「魚屋がそう申したそうですが、町方役人はならぬとの一点張りだそうで」

台所方の者が声を震わせていた。

「どうする。これでは宴席の膳に祝いの魚が載らぬ。法事ではあるまいにそんな貧相な膳などお客さま方の前に出せるわけがない。殿の恥になる。ああ、そうじゃ、まずは殿にお報せせねば……」

ようやく松木が柳生宗矩のもとへと向かった。

「と、殿」

「なんじゃ、先ほどから騒がしい。そなたは家老であろう。範を垂れねばならぬ身であるというに」

許しを求めることなく、御座の間へ駆けこんだ松木を、柳生宗矩が叱りつけた。

「お叱りは後ほど存分に承りまする」

「……なにがあった」

長く仕えてくれている重臣の態度に、柳生宗矩の表情も変わった。

「さきほど……」

松木が用件を語った。

「馬鹿な……そのようなことが」

柳生宗矩も一瞬呆然《ぼうぜん》となった。

「父上……どういたしましょう」

江戸にいる一門として、本日の祝宴にも参加する柳生宗矩の三男主膳宗冬《しゅぜんむねふゆ》が、おたつきながら訊いた。

「漁師に舟を出させ、今から獲《と》りにいかせよ」

「数が足りるかどうかわかりませぬ」

柳生宗矩の命に松木が首を左右に振った。

「むううう」

「品川《しながわ》はいかがでしょうや、父上」

主膳宗冬が思いついた。

品川は東海道第一番目の宿場として、また江戸から日帰りで遊べる遊興の場として繁栄している。旅籠《はたご》も兼ねる料理屋というのも出だし、酒や品川の海で獲れた魚を提供してもいる。もちろん、酒席につきものの遊女も多い。

「品川か……」

品川までならば半刻ほどでいける。魚を買って戻ってきても一刻半もあれば戻ってこられる。今、五つ（午前八時ごろ）を過ぎたところである。無理をすれば昼を少し越えたあたりには帰ってこられる。

「問題は魚が集まるかどうかだ」

「先に早馬を出し、集めさせておいては」

主膳宗冬がさらなる提案をした。

「それはならぬ。御城下での早馬は許されておらぬ」

柳生宗矩が首を左右に振った。

江戸の城下は徳川家のものである。そこで家臣が危険な早馬を使うことは遠慮しなければならなかった。

「松木、数は集まると思うか」

品川の案にはまだ検討の余地があった。

「多少の大きさの違いをご許可いただけるならば、あるいは」

「客同士で膳の格差を付けるわけにはいかぬか」

松木の懸念に柳生宗矩も苦い顔をした。

当たり前ながら、招待した客に上下はある。それは宴席での座として表すべきであり、料理で差を付けるのは、そこまでして上席者に媚びを売りたいのかと蔑まれる要因になった。ましてやそれが将軍家剣術お手直し役という天下の武を代表する柳生だと、より世間の目は厳しいものになる。

「しかし、町奉行がなぜ……」

ふと主膳宗冬が口にした。

「それもわからぬのか」

柳生宗矩が息子にあきれた。

「……そういえば、一夜はどうしている。一夜がなにもせぬはずはない」

ふと柳生宗矩が一夜の姿がないことに気づいた。

「呼んで参れ」

柳生宗矩が松木に命じた。

四

一夜は勘定方で算盤《そろばん》をはじいていた。

「宴に費用がこんだけで、土産とお見えでなかったお人への挨拶の品がこんだけかあ。問題はもらえる祝いの品がどれくらいの価値があるかやな。祝い事は持ち出しが基本やけど、あんまし多いときついからなあ」

一夜がため息を吐いた。

「淡海、殿のお呼びぞ」

「のんびりでしたなあ」

襖《ふすま》を開けるなり叫んだ松木に、一夜が口のなかで嗤った。

「行きまひょか」

一夜がうなずいた。

「来たか」

「お召しですよってに」

親子とは思えない会話を交わしながら、一夜が下座に腰を下ろした。

「…………」

主膳宗冬が、一夜の態度に憤懣《ふんまん》をこめてにらんだ。

「事情は把握しておるな」

「嫌がらせでっしゃろ」

問うた柳生宗矩に一夜があっさりと言った。

「そなた気づいていたな」

「御上のてっぺんにいてはるお方が、こんなしょもないことをしはるとは思いたくはおまへんけどな」

「なぜ対応しなかった」

「どないせいと」

「品川で手配をするとか、下総《しもうさ》から船で運ばせるとか」

「…………」

柳生宗矩の言葉に、一夜が無言で嘆息した。

「きさまっ」

主膳宗冬が脇差《わきざし》の柄《つか》に手をかけて、腰を浮かせた。

「座れ」

「……ですが、父上」

冷たい命令に主膳宗冬がためらいがちに抗弁しかけた。

「座れ。今は無礼だのどうだのと言っておられる状況ではない。それくらい把握できぬのか、主膳」

「……いえ」

柳生宗矩に叱られた主膳宗冬が不満そうに座り直した。

「なぜ品川や下総がいかぬのだ」

「日本橋ちゅうたら、天下の魚河岸でっせ。この江戸を支えてる台所や。それを一日だけとはいえ、前触れもなく閉じられるだけの権を持っている。それよりも、こんな嫌がらせを考えるくらい品性の悪い知恵を働かせるお方が、それに気づかんはずおまへんやろ」

「ふん、そうだな。どうやら悪知恵の働く相手のようだ」

柳生宗矩が同意した。

「で、どうしたのだ」

柳生宗矩は、一夜がしっかりと手を打っていると確信していた。

「そろそろ武藤はんが戻ってきはりますやろ」

一夜が答えた。


八つまでの職務を終えた堀田加賀守は、その足で柳生家の上屋敷を訪れた。

「ご老中首座堀田加賀守さま、ご来訪」

柳生家の門番が大声で堀田加賀守の到着を屋敷へ報せた。

「お迎えに出る。付いて参れ、主膳」

「はっ」

柳生宗矩は一門として主膳宗冬だけを伴って、玄関へと急いだ。

「……やることが一貫してへんわ」

一夜が嗤った。

「よいのか」

朝から役目を果たした武藤大作が、一夜を気遣った。

「かえってええで。情が移らんですむよってな」

「情か……」

武藤大作がしみじみと言った。

少し前、大坂から江戸まで一夜を護衛というか、護送した武藤大作は、一夜のことを気に入っており、江戸に着いてからも親しくしていた。

「さてと」

一夜が立ちあがった。

「どうした」

「出かけるわ。宴が終わったら戻ってくる」

怪訝《けげん》な顔をした武藤大作に、一夜が答えた。

「待て、待て。柳生をあげての祝宴ぞ。いなくなってはなるまいが」

「いてへんほうがええちゅうこともある。まちがいなく加賀守はんは、魚の手配について訊いてくるで。己の嫌がらせが功を奏してなかったからな。となると、邪魔した奴は誰やとなる。まあ、言い方は違うやろうけどな。策を弄したのは己じゃと自白はせん」

「……たしかにそうだな」

「そこで殿さんが、己のしたことだと言うか。言えば、どうやったと細かいところまで問い詰められて、結果ぼろが出る。そうなったら、老中首座を偽ったとなるわな」

「むうう」

「さすがにそこまで殿はんも……やないやろ」

「一夜」

あえて言わなかった言葉に武藤大作が気づいた。

「言わへんかったら、咎《とが》められへんわ」

わざとやと一夜が唇を吊りあげた。

「でまあ、わたいの名前を出す。会いたいと加賀守が言う。呼ばれて経緯《いきさつ》をしゃべらされる。さて、どうなる」

一夜が問うた。

「まさか、一夜を加賀守さまが咎める」

「そんなわけないわな。やったら、満座のなかで己が裏で動いてたと教えるようなもんや」

武藤大作の答えに、一夜が手を振った。

「わからんか。嫌がらせを防がれたことへの、最高の報復が」

「……わからぬ」

もう一度訊かれた武藤大作が首を左右に振った。

「わたいをくれちゅうことや」

「一夜を……」

武藤大作が目を剝いた。

「………」

少しだけ一夜が黙って間を空けた。

「それを拒めるか、殿さんは」

「拒めるだろう。他家の臣を引き抜くのは、あまり褒められたことではない」

「褒められたことやなかっても、咎められることではない。それに堀田加賀守には大義名分がある」

「大義名分……」

武藤大作が首をかしげた。

「旗本に推薦する」

「………」

武藤大作が息を吞《の》んだ。

「そう言われたら、断れるか」

「殿ならばきっと……」

「そっちやないわ。わたいや」

一夜が己の顔を指さした。

「おぬしが……」

聞いた武藤大作が困惑した。

「旗本となって、上様に忠義を尽くせと言われてみ、嫌やと断れるか」

「……それは」

武藤大作が蒼白になった。

「御上への忠義を表にされたら、殿さんもどうしようもないやろ。将軍家剣術お手直し役が、家臣を惜しんで上様のご意向を無にしたと言われんねんで」

「断れん」

ようやく武藤大作が理解した。

「でや、わたいが旗本に抜擢《ばってき》されたとして、最初の仕事はなんになると思う」

「………」

声を潜めた一夜に、武藤大作が押された。

「柳生を潰すことや。わたいが考えた柳生の金儲《かねもう》け、それを全部潰すことになる」

「する気か、一夜」

「やる」

武藤大作に尋ねられた一夜がうなずいた。

「旗本として老中から命じられたら従うのが当然やろ。じっくりねっとり柳生を追い詰めて、財政を喰《く》い潰し、二進《にっち》も三進《さっち》もいかんようにする。遠慮せえへんで、柳生がわたいに情をくれへんねんからな。手心なんぞ期待しいな」

一夜が冷酷な口調で告げた。

「きさまっ」

「声をあげるな。気づかれるわ」

怒りのままつかみかかろうとした武藤大作を一夜が叱りつけた。

「うっ」

武藤大作が一夜の気迫に押された。

「そうなったら困るやろ。そやから出かけるちゅうてんねん」

「……わかった」

武藤大作が大きく息を吸って、落ち着こうとした。

「なれば、一緒に行く」

「一人にしてくれんか」

供をすると言った武藤大作を一夜が手で制した。

「殿のご命だと申したであろう」

「わかってるわ。しゃあけどな、武藤はんがついてくるのはまずいねん」

「なぜだ」

「いかに柳生やというても、剣が使える家臣は貴重でっせ」

柳生新陰流の当主でもあり、将軍家剣術お手直し役の柳生宗矩だとはいえ、その家臣も剣術遣いで占めることはできなかった。

旗本、今は大名だが、内政には剣術は不要であり、他にも武術ではできないこともある。

「江戸屋敷でまともに戦えるのは何人でっか」

「殿と主膳さまを除けば、門番までいれて十人いるかいないか」

武藤大作が数えた。

「ご老中首座さまを始め、要人の方々がお集まりですねん。もしなんかあったら大事ですやろ」

「襲う奴がいると」

すっと武藤大作の目が細められた。

「いてへんとは思うけど。それになにも人だけやないで。火事も地揺れもある。災害が起こったときの対応は、招いた側の仕事や」

「ふむ」

武藤大作の目が緩んだ。

「そのときに腕の立つ者がいてへんというのは、失点やで」

「むうう」

一夜の説に武藤大作が唸った。

「安心し。今日はないわ。加賀守はんが来てるときに、ちょっかいかけてみいな。加賀守はんの思惑がそれでずれたとなったら……」

「潰されるな」

武藤大作が納得した。

「わかったやろ。ほな、頑張りや」

「待て、どこに行くか、言っておけ。なにかあったときに困る」

手を振って出ていこうとした一夜に武藤大作が求めた。

「金屋はんにいてるわ。いてなかってもわかるようにしとくよって」

そう言い残して、一夜は屋敷を出た。

老中の格式は高い。

神君と呼ばれた徳川家康《いえやす》でも、当時の老中である加判衆《かはん》は、手厚く遇していたし、跡継ぎの二代将軍秀忠《ひでただ》に宿老は大事にせよと教えを遺《のこ》している。

「………………」

柳生宗矩と主膳宗冬は、玄関式台まで降りて平伏した。

「駕籠《かご》を止《と》めよ」

それを確認してから堀田加賀守の行列を差配している供頭《ともがしら》が合図を出した。

すでに玄関に横付けしていたが、その場で陸尺《ろくしゃく》に足踏みをさせ、まだ到着していない体《てい》を取り、柳生家の準備を待ったのである。

こうすることで出迎えが遅れたという叱責を柳生は受けずにすみ、そのていどのことで怒った狭量な人物という悪評を主に与えずに終われる。これも供頭の心得であった。

「……出迎え大儀である」

駕籠の扉が開けられ、なかから出てきた堀田加賀守が、平伏している柳生宗矩と主膳宗冬に声をかけた。

「本日は、ご多用のなか、ようこそのお見えでございまする」

平伏したままで柳生宗矩が歓迎の意を表した。

「うむ」

玄関でこれ以上の遣り取りをするわけにはいかない。短く堀田加賀守がうなずいた。

「どうぞ、ご案内を仕《つかまつ》ります る」

柳生宗矩が先に立ち、堀田加賀守を先導した。

「…………」

それを主膳宗冬は平伏したまま見送り、堀田加賀守の後ろに付く。

「ご老中堀田加賀守さまがお出《い》ででございまする」

屋敷の広間を引き開けて作られた宴席に、堀田加賀守が入り、床の間を背に座った。

「…………」

すでに来ていた客たちが一礼した。

「但馬守」

堀田加賀守が宴を始めろと促した。

「本日は……」

下座で柳生宗矩が来駕の礼を兼ねた口上を述べた。

「……粗餐《そさん》ではございますが、膳を用意いたしております る。おくつろぎいただければ幸いに存じまする」

柳生宗矩の口上が終わるのに合わせて、膳が運びこまれた。

「……これは」

宴席の膳にもいろいろ格式があるが、大名家の祝いとなれば最低でも五の膳は出される。派手なところだと十膳、十二膳というのもあるが、そうなれば一度には出せなくなる。一度膳を引いて、代わりという形になり、そのぶん人の出入りも激しくなる。また、見栄《みえ》を張ることにもなり、一万石くらいでそれをすれば、身代《しんだい》をわきまえていないと取られることもあった。

一度に出された五膳を見た堀田加賀守の表情が険しいものになった。

「…………」

もちろん、それを柳生宗矩はしっかりと見ていた。

「但馬守」

堀田加賀守が鋭い目を柳生宗矩へと向けた。

「はっ、なにかお気に召さぬものでもございましたか」

いかに老中首座といえども、剣術の腕なぞからきしである。堀田加賀守ににらまれたくらいで、柳生宗矩は緊張さえしなかった。

「この膳に乗っている魚だが、本日は魚河岸は休んでおるはずじゃ。どうやって手配をいたした」

「魚河岸が休んでおるとは、存じませなんだ」

柳生宗矩はわざと首をかしげた。

「知らぬと」

「あいにく、存じませぬ」

答えながらちらと参列している大名や役人を見たが、誰も驚いた顔をしている。この場で魚河岸の休業を知っていたのは、堀田加賀守だけだと柳生宗矩は確信した。

「では、どこから」

「日本橋からではございますが、それは干物でございまする」

「干物……」

あわてて堀田加賀守が目を魚に戻した。

「たしかに干してある。なぜ干物を」

「古来、神に饗《きょう》する膳は干し物であったと申しまする。今回、加賀守さまという御上の政を差配なさるお方にお見えいただくにあたり、古式に則《のっと》りそういたしました」

「いつ注文を……」

「勘定方の者がいたしましたので、そこまでは」

さらに問うてきた堀田加賀守に、柳生宗矩が詳細はわからないと首を横に振った。

これは当然のことである。もう柳生は大名なのだ。細かいところまで藩主が知る意味はない。

「勘定方が手配したと」

「はい」

念を押した堀田加賀守に、柳生宗矩が首肯した。

「興味がわいた。その者をこれへ呼べ」

「お目通りを願うほどの者では……」

「興じゃ、興。座興である。かまわぬ」

堀田加賀守が逃げ道を塞《ふさ》いだ。

「……わかりましてございまする」

柳生宗矩は拒めなくなった。

第三章　宴の戦い

一

堀田加賀守《ほったかがのかみ》が一夜《かずや》をここへと言い出したころ、一夜は金屋儀平《かなやぎへい》と二人で白湯《さゆ》を喫していた。

「ほっとするわ」

白湯がゆっくりと喉から胃へと落ちていく感覚を味わいながら、一夜が安堵《あんど》の息を吐いた。

「お疲れのようでございますな」

金屋儀平が、一夜の様子を気遣った。

「疲れてるで。宴席を己の処《とこ》でするから準備に駆けずりまわらなあかん」

今度はため息を一夜が漏らした。

「宴席なんぞ、遊郭に丸投げしてしまえば、お金のことだけですむのに」

「さすがにお大名さまが、吉原《よしわら》で宴席というわけには参りますまい」

面倒くさいと嘆く一夜に、金屋儀平が苦笑した。

「吉原に通いすぎた大名が、潰《つぶ》されたんやっけ」

一夜が首をかしげた。

「はい。毎日、毎日、吉原へ通い詰めたことで、藩政はおろそかになり、金を湯水のごとく遣ったという咎《とが》で、改易《かいえき》になったとか」

「やったんは、うちの殿さんやな」

金屋儀平の答えに、一夜があきれた。

「ほっとけばええやん。他人の下《しも》の事情なんぞに手出ししたら、ろくなことにならへんのに」

一夜が小さく首を横に振った。

「たしかにその通りなのでございますが……」

遠慮のない一夜に金屋儀平が困惑した。

「商家やとあかん」

金屋儀平が困った顔をした理由を一夜はしっかりと見抜いていた。

「主人はまあええ。いてたらかえって邪魔というやつもおるからな。商いは手慣れた番頭にというのが、無難やし」

大坂でも二代目、三代目と代を重ねる老舗《しにせ》ほど、そのあたりのことで苦労していた。

「吾《わ》が子にすべてを譲りたい」

人ならば、かならず抱く願いである。

しかし、商人の場合はそれ以上に店の暖簾《のれん》を続けていかなければならないと思う。己が、あるいは先祖が作りあげた店というものを継続させていくのが商人としての使命なのだ。

「店の金は、全部わたしのものだ」

遊興に身をやつす者、

「金なんぞ、かってに集まってくるもの」

商いにまったく興味のない者、

これらが主《あるじ》になれば、店の暖簾はいずれ破れてしまう。

「小僧から育てあげて……」

となると商人の考えることは、まず商いができ、店を裏切らない者の育成になる。

そして息子を名目だけの主としておき、実務と金の管理は信用できる子飼いの番頭にさせる。だが、これは親が生きている間だけになってしまった。

「番頭だと偉そうにしているが、ただ歳《とし》経た奉公人ではないか」

頭を押さえる父がいなくなれば、馬鹿息子が暴発するのは当然といえる。

「辞めていい」

忠義の番頭を追い出してしまえば、後は没落するだけになる。

こういった経緯《いきさつ》もあり、昨今では娘に見所のある手代《てだい》あたりを婿として迎え、店を譲るといった風潮が上方《かみがた》では主になりつつあった。

「そもそも我慢のできんやつに、家を継がせてどうするねん」

「若い男というのは、我慢の利かないものでございますよ」

文句の方向を変えた一夜を、金屋儀平が慰めた。

「下だけやおまへんわ。いつもいつもわたいを見るたびに突っかかってきて……」

一夜が主膳宗冬のことを罵《のの》った。

「お武家さまは、なかなか矜持《きょうじ》がお高いようで」

「ほな、そのお高い矜持でやりくりしたらええんと違いますか。金のことが汚いちゅうねんやったら、霞喰《かすみく》うて生きたらどないですねん」

なだめる金屋儀平に一夜は不満を見せた。

「そもそも祝いの宴《うたげ》なんぞするからあきまへんねん。このたびは祝い事がございました。お世話になりましたことに感謝をいたしまして、形ばかりのものではございますがと、ものだけ贈っといたらすみますやろ」

「たしかにそうですが、柳生《やぎゅう》さまの場合は事情がございますので」

「事情……」

一夜が怪訝《けげん》な顔をした。

「柳生さまは、初めて大名に列せられた。これはまさに名をあげたと申せまする」

「他の大名を潰して回った褒美を誇るんでっか」

金屋儀平の言葉に一夜が眉間《みけん》に皺《しわ》を寄せた。

「商家でそんなまねしたら、そっぽ向かれまっせ」

商いも戦争である。勝ち負けはどうしても出るし、競い合っていた店が潰れてしまうこともある。だからといって勝ち残った商家が、祝いの席を設けるなどありえなかった。

「そのへんは、お武家さまの成り立ちというのもございますれば」

「切り取り強盗武士の習いちゅうやつですか」

苦笑いしながら告げた金屋儀平に一夜が皮肉った。

「勝ってこその武士というものですな」

「わかりますけど、納得はできまへんわ」

一夜が首を横に振った。

「ようするに、お武家さまは毎日勝ち負けで生きておられる。それは家族の間でも、主従の間でも同じ」

「協力するより、競い合う。聞きようによってはええ響きですな」

鼻で一夜が嗤《わら》った。

「それがお大名でございますよ」

金屋儀平も同じ思いだと告げた。

「ですが、よろしいのでございますか。お屋敷におられずとも」

「いてへんほうが、よろしいねん」

今さらながらに問うた金屋儀平に、一夜が嘆息した。

堀田加賀守の要望に応えて、一夜を呼び出しにいったのは主膳宗冬《しゅぜんむねふゆ》であった。

当たり前だが、主人としてもてなす側を差配する柳生宗矩《むねのり》が中座することはできない。そのため、宴席に参加していたが、誰と会話をすることもなく、かといって空《から》になった膳を片付けたり、杯に酒を注《つ》いだりもせず、ただそこに座っているだけの主膳宗冬が命じられたのは当然であった。

「……なぜ、あのような半端者をご老中さまはお気になさるのか」

すでに家光《いえみつ》の小姓《こしょう》として出仕している主膳宗冬は、堀田加賀守とも面識がある。さいわいなことに天下無双と讃《たた》えられた兄左門友矩《さもんとものり》に比して容貌が劣った主膳宗冬は、家光の閨《ねや》御用は承っておらず、堀田加賀守の嫉妬を受けずにすんでいる。そのため、父柳生宗矩と違って、堀田加賀守への警戒感もなかった。

「わたくしに剣術のことでも訊《き》いてくだされば……」

柳生新陰流《しんかげりゅう》の継承者はまだ決まっていない。

「いずれ、江戸にいない兄たちに代わって、わたくしが上様のお手筋を直させていただくようになるのだ」

主膳宗冬は将軍家剣術お手直し役になりたいと考えていた。

長兄十兵衛《じゅうべえ》、次兄左門友矩に主膳宗冬は遠く及ばないが、長兄十兵衛とは歳の差もありそれほど長時間兄たちと競い合ってはいないことが、まだ二人をこえるとの想《おも》いを残していた。

「……なぜ、このわたしを差し置いて、あの卑しき者をお召しになる」

主膳宗冬は一夜に腹を立てていた。

「おるか、一夜」

声もかけず、主膳宗冬が勘定部屋の襖《ふすま》を荒々しく開けた。

「……これは若さま」

なかで控えていた勘定方の下僚が、あわてて手を突いた。

「一夜、淡海《おうみ》はどこだ」

言い換えて主膳宗冬が、勘定部屋を見回した。

「昼頃からお姿を見ておりませぬ」

一夜と入れ替わるようにして勘定部屋に戻った下僚が首を左右に振った。

「どこにおる」

「わたくしは存じませぬ」

下僚が主膳宗冬に睨《にら》まれて身を小さくした。

「探して参れ」

「はっ、はい」

言われた下僚が逃げるようにして出ていった。

「あやつめ、なにを」

残った主膳宗冬が一夜を罵った。

「……お姿がございません」

屋敷の裏方を見てきた下僚がいないと告げた。

「ふざけたことを申すな。おらぬはずはあるまい」

主膳宗冬が大声を出した。

「……ですが……」

下僚が怯《おび》えて、なにも言えなくなった。

「ちい、役立たずめ。もうよい。己で探すわ」

怒りにまかせて、主膳宗冬が勘定部屋を出た。

「どこへ……」

「いかがなされました」

主膳宗冬の怒鳴り声を聞いた武藤大作《むとうだいさく》が、すっと主膳宗冬の背後に現れた。

「うっ、武藤か」

怒りで気を乱していた主膳宗冬が、驚いて振り向いた。

「お客さまがお見えでございますぞ」

静かにしなさいと武藤大作が、主膳宗冬を諭した。

柳生家でいけば、当主の息子になるが、新陰流でいけば、弟弟子になる。武藤大作は主膳宗冬に兄弟子として対応した。

「むっ……」

武藤大作の言葉が正しい。主膳宗冬が口を閉じた。

「……淡海を見ておらぬか」

一度息を吸ってから、主膳宗冬が尋ねた。

「淡海どのなれば、所用で屋敷から出ておりますが」

「なんだと。なぜ、大事な宴席のときにおらぬ」

「宴席に勘定方の出番はございませぬ。淡海どのは、この宴の支払いの交渉などをしなければならぬと」

憤慨した主膳宗冬に武藤大作が告げた。

「呼び戻せ」

「どこに行ったかまでは聞いておりませぬ」

呼び戻したほうがまずいと知っている武藤大作が首を横に振った。

「ええい、きさまも役立たずか」

弟弟子としての態度を主膳宗冬が捨てた。

「探してこい」

「よろしいのでございますか。わたくしには殿より屋敷の警固をせよとのお指図が出ておりまする」

命じた主膳宗冬に武藤大作が確認した。

「……父の指図か」

主膳宗冬が詰まった。

「ええい、もうよいわ」

顔を真っ赤にしながら、主膳宗冬が踵《きびす》を返した。

「……やれやれ。淡海の言うとおりになったの。あやつを敵に回すのは止《や》めるべきよな」

残された武藤大作が独りごちた。

二

主膳宗冬は、これ以上無駄にときを浪費するのはまずいと、重い気持ちを引きずりながら宴席へと戻った。

「父上」

本日の亭主役は父の柳生宗矩になる。いかに顔見知りとはいえ、直接堀田加賀守に復命するのは、礼に反する。

「遅かったの。淡海はどうした」

柳生宗矩が手間取りすぎだと主膳宗冬を叱りつつ、一夜の姿がないことに首をかしげた。

「それが、淡海は宴席の支払いの打ち合わせに出ておりまして」

「なんだとっ」

主膳宗冬の答えに、柳生宗矩が驚きの声を漏らした。

「いかがいたした、但馬《たじま》」

堀田加賀守が割って入った。

「畏《おそ》れ入りまする」

まず柳生宗矩が、身体《からだ》の向きを主膳宗冬から、堀田加賀守へと変えた。

「加賀守さまのお召しに応じさせようと思いましたが、その者は宴席のことで少々他行いたしておりまして。まことに申しわけなき仕儀ながら、お目通りをさせられませぬ」

柳生宗矩が一夜の不在を報告し、謝罪した。

「出ておるのか。となれば致し方ない。見事なる采配を褒めてつかわそうと思ったのだが」

「なんともかたじけなきお言葉。後ほど戻りましたならば、加賀守さまの御諚《ごじょう》を伝えまする。」さぞや感涙いたしましょう。

堀田加賀守の許しに、柳生宗矩が安堵した。

「いや、それはせずともよい」

「……これは、要《い》らぬ差し出口を」

手を振った堀田加賀守に、柳生宗矩が謝罪した。

「違うぞ、但馬。そなたから伝えずとも、余が直接言う」

「な、なんと仰せに」

「聞こえなかったか。その淡海とか申す者に余が直接会う」

驚愕《きょうがく》した柳生宗矩に、堀田加賀守が告げた。

「畏れ多すぎまする。淡海は当家の臣。とても加賀守さまのお声をかけていただくほどの者ではございませぬ」

柳生宗矩が大いに焦った。左門友矩のことからもわかるように、堀田加賀守は柳生家へ好意的ではなかった。

その堀田加賀守に呼び出された一夜が、なにを言い出すか。一夜が言い出さずとも、堀田加賀守がいろいろと聞き出そうとするのはまちがいない。柳生の内情を知る好機なのだ。

「じつは、大坂の陣で……」

すがってきた女と枕を交わしたが、一夜が生まれたことを知りながら放置、大名になって人手が足りぬからと、柳生宗矩に無理矢理江戸へ連れてこられた。そう、一夜が話しただけでも問題である。

「一門であるに、宴席にも出さなかった」

堀田加賀守にそれを知られるのはまずい。礼を失していたことになる。

「出過ぎじゃ、但馬」

手にしていた杯を堀田加賀守が置いた。

「…………」

あからさまに機嫌を害した堀田加賀守に、柳生宗矩が表情を固くした。

「余が会いたいと申した。それをそなたは邪魔立てするか」

「……いえ。そのようなつもりはございませぬ」

柳生宗矩が手を突いた。

「ならば、その淡海を吾が屋敷へ寄こせ。よいな」

「わかりましてございまする」

そこまで言われては、拒めない。柳生宗矩が承知した。

「いつ、お屋敷へ向かわせればよろしゅうございましょうや」

「今日片付けられなんだ御用をせねばならぬゆえ……二日先の昼八つ（午後二時ごろ）がよい」

多忙な老中が半日潰したとなれば、かなりの案件が溜《た》まっている。

「二日後の昼八つ、承りましてございまする。かならずや、向かわせまする」

それ以外の返答は、柳生宗矩に用意されていなかった。

「うむ。では、これまでとしようぞ」

堀田加賀守が立ちあがって、帰ると宣した。

武家の宴席は門限の都合で、長くとも夕七つ半（午後五時ごろ）までと決まっている。

「ごめんやで、長居してしもうた」

この半日で、かなり一夜は金屋儀平と打ち解けられた。

「いえいえ。夕餉《ゆうげ》もご一緒にと用意させておりますが」

「ああ、うれしいなあ。食べていきたい。でもなあ、これ以上遅くなると、いろいろと面倒がなあ」

後ろ髪を引かれると一夜が残念そうな顔をした。

「なるほど。そうでございますな。今頃、お屋敷は大騒動でしょうし」

金屋儀平がうなずいた。

「さほどまでやないと思うわ。お迎えけえへんかったから」

なにかあれば、武藤大作が迎えに来たはずである。一夜はそこまで深刻な状況ではないだろうと応じた。

「ほな、おおきになあ。また、お願いしますわ」

「いつでもお待ちいたしております る」

頭をさげた一夜に、金屋儀平が愛想良く受けた。

金屋から屋敷は近い。一夜はいつものように、脇門から屋敷のなかへと入った。

「淡海っ」

門番をしていた素我部一新《すがべいっしん》が、一夜を見て息を吞《の》んだ。

「うん、ただいま」

「ただいまではないわ。殿がお探しだぞ」

軽い一夜に、素我部一新が真剣な表情で言った。

「はあああ」

盛大に一夜がため息を吐《つ》いた。

「いくらなんでもそれは……」

素我部一新が、あきれた。

「疲れてるんやけどなあ。明日に、できたら十年後くらいにしてくれへんかいな」

「ふざけすぎじゃ。主君のお召しだぞ」

「主君ねえ」

武士としてたしなめる素我部一新に、一夜が酷薄な目をした。

「おいっ」

「お呼びとあれば、参上せんならん。行ってくるわ」

咎める素我部一新へ手を振って、一夜は屋敷へと入っていった。

柳生宗矩は御座の間で、瞑目《めいもく》していた。

「御免を。お呼びだと伺いまして」

襖の外から一夜の声が聞こえた。

「入れ」

瞑目したままで、柳生宗矩が許可を出した。

「はいな」

御座の間の襖を開け、その敷居際に一夜は腰を下ろした。

「…………」

柳生宗矩は変わらず瞑目を続けている。

「…………」

一夜も目を閉じていた。

そもそも言いわけする気など端《はな》からない一夜である。柳生宗矩が口を開くまで、一夜は黙るつもりでいた。

「……一夜。なにをした」

「なにをとは」

柳生宗矩が先に我慢できなくなった。

「最初から説明いたせ」

「……最初から。ことの始まりは、二十年放ったらかしていた子供を……」

「どこから話している」

「最初からですが……ああ、そうかあ、最初というたら、殿さまがわたしの母と出会ったところから……」

「ふざけるな」

いけしゃあしゃあと言う一夜に柳生宗矩が叱りつけた。

「最初からをお求めでしたんで」

平然と一夜が答えた。

「そなた……」

「お叱りになりますか、本日の功労者を。手柄を立てた者を褒めずに怒鳴りつける。まさか、それで忠義を捧《ささ》げてもらえると思っておられる」

目つきを険しいものにした柳生宗矩に、一夜が首をかしげて見せた。

「どこに手柄があると」

柳生宗矩が冷たく一夜を見た。

「ほう、そう仰せですか」

一夜の雰囲気が重くなった。

「お召しの御用向きは」

あっさりと一夜は話を変えた。

「功績なしと認めるのだな」

「御用をお聞かせいただきますよう」

しつこく求める柳生宗矩を一夜は相手にしなかった。

「なにもしておらぬ、そなたは」

柳生宗矩がまだこだわった。

「御用なしでございましたら、これにて。明日も早くから出なければなりませんので」

一夜が腰をあげて出ていこうとした。

「待て」

「…………」

柳生宗矩の制止を一夜は無視して出ていった。

「……ふざけたまねを」

馬鹿にされた柳生宗矩が太刀に手を伸ばして、一夜の後を追おうとした。

「殿、お鎮まりを」

廊下で待ち構えていた松木《まつき》が、柳生宗矩を止めた。

「聞かぬぞ」

柳生宗矩が松木に止めるなと命じた。

「家が潰れまするぞ」

「加賀守さまの要請か。あれならば、適当な伊賀者《いが》に装わせればいい」

堀田加賀守くらい簡単に騙《だま》せると柳生宗矩が口にした。

「できるとお思いで。相手はご老中さまでございますぞ。淡海のことをご存じでしょう」

「知っていても、かまわん。ごまかしようはいくらでもある」

「干物屋も殺しまするか」

「…………」

一夜が干物屋と交渉したと思いこんでいる松木の言葉に柳生宗矩が黙った。

まだ家臣である一夜は無礼討ちですむが、干物屋はまずい。もし、干物屋に手出しをすれば、それこそ待ってましたと惣目付《そうめつけ》が動く。

「伊賀者に襲わせれば、わかるまい」

「それくらい予想されておられましょう、加賀守さまは」

裏の次まで見抜けなければ、いかに寵臣《ちょうしん》とはいえ執政《しっせい》の筆頭たる老中首座にはなれなかった。

「なにより、淡海を失えば、当家の財政はどうなりまする」

「しかし、あの態度を許せば、家中《かちゅう》の者への示しが付かぬぞ」

柳生宗矩が反論した。

「落ち着きなされませ。加賀守さまの思惑を防いだのは、淡海でございますぞ」

「うっ」

柳生家を復活させる前から、ともに苦労を重ねてきた老臣の諫言《かんげん》は重い。柳生宗矩が詰まった。

「功を認めず、罪だけを咎める。それで家臣が動くとでも」

「あれは功ではない。あやつが勝手にしたことだ」

「殿、どうも淡海のことになると、心が波立たれるようでございますな」

まだ認めようとしない柳生宗矩に、松木が嘆息した。

「あやつが、余を挑発するからだ」

「子供ほど歳が離れた相手の煽《あお》りにのせられまするな」

文句を続ける柳生宗矩に松木があきれた。

「………」

一夜は息子であるが、それを柳生宗矩は拒まれている。

「一門なら御免や。家臣として禄《ろく》を出してくれ」

初見の日、一夜はきっぱりと柳生と名乗ることを拒否した。

「ただ働きはせえへん」

大坂の商家で育った一夜は、考えがはっきりしている。回り回って得になって返ってくるなら、今は金にならなくてもいい。ただし、どこまでいっても出血を強いられるならば、いつでも損切りをする。

「傷口ができたら、拡《ひろ》がる前にどうにかせんとあかん。損を取り戻そうとして、次々と手を打つなんぞ最悪や。百両ですんだ損が一千両、一万両になりかねへん。百両稼ぐのは大変やけど、千両より楽や」

根っからの大坂商人である一夜と、家を潰された恨みを胸に決死の努力で大名になりあがった柳生宗矩の肌が合うはずはなかった。

「このままでは大事にいたりかねませぬ」

「……加賀守さまのことは、明日、伝える」

頭を冷やせと言われて柳生宗矩が御座の間へと戻った。

三

長屋へ帰った一夜は、まず佐夜《さよ》に暇を出した。

「悪いな。せっかく縁ができたんやけど、事情があって辞めてもらうことになってなあ」

「……えっ」

さすがの佐夜も驚いた。

「約束の給金より、ちょいと色つけといたさかい、これで勘弁して」

反論が出る前に、一夜は長屋の手文庫、そこに作り付けられている隠し引き出しから、小判を八枚取り出して、佐夜に握らせた。

「えっ。あっ、は、八両……」

佐夜が手のなかにある小判に圧倒された。

武士として扱われることのない伊賀者の禄は、柳生家で年間三両一人扶持《ぶち》ほどでしかない。八両は佐夜の兄素我部一新二年分の禄に等しい。

「ほな、忙しいさかい、もう帰ってんか。短い間やったけど、おおきにな」

まだ事情もわからず、八両という小判の威力に呑みこまれていた佐夜の背中を一夜は押して、長屋から追い出した。

「さて……」

一人になった一夜は、長屋を見回した。

「持っていくのは、これだけでええな」

一夜は柳生家の財政を好転させるための方策を書き留めた備忘録を背嚢《はいのう》に収めた。

「あとは下帯の予備と金だけあればええわ」

江戸に来てから購《あがな》った古着や鍋釜、夜具などは置いていくと一夜は思い切った。

「あんな阿呆《あほ》の血が半分流れていると思うと腹立つわ」

一夜はすっと長屋を出た。

佐夜はすぐに兄のもとへ走った。

「兄者……」

「話せ」

飛びこんできた妹の様子から素我部一新が、異常を察知した。

「……と言って、この金を」

「それはっ」

素我部一新も小判の光に息を呑んだ。

「淡海は、一夜はどうしている」

「とりあえず、ご報告を」

吾《われ》を取り戻した素我部一新に訊かれた佐夜が述べた。

「馬鹿が。目を離すなど……」

素我部一新が、佐夜を怒鳴りつけた。

「戻りまする」

あわてて佐夜が出ていった。

「暮れ六つ（午後六時ごろ）の鐘はまだ鳴っておらぬ」

本石町《ほんこくちょう》に設けられた鐘楼が撞《つ》いた音を聞いた寺社が追うようにして鐘を鳴らす。こうして江戸に刻《とき》が報《しら》されるが、本石町からの距離や、寺社側の都合などで、かなりのずれが出る。

暮れ六つの鐘が聞こえれば、門番は門《かんぬき》をかけ、許可なき者の出入りを禁じる。だが、それまでは出入りできた。

「まずい」

急いで素我部一新も脇門へと向かった。

一夜は脇門ではなく、表門から外へ出た。

「ちいと商家へ行かんならん。支払いのことでな」

すでに出入り商家をつまみ出した一件で、門番たちは一夜のことを知っている。

「門限まであまりございませんぞ」

「わかってるで。忠告おおきにな」

のんびりしていては閉門になると注意してくれた門番に、一夜は右手を上げて礼を返しながら、潜《くぐ》り門を出た。

「さてと。泊めてはもらえるやろ」

一夜はその足で駿河屋《するがや》へと向かった。

脇門に駆けつけた素我部一新が、同僚に声をかけた。

「淡海は出たか」

「いや。おぬしと交代してから、誰も通っておらぬぞ」

同僚の門番が首を横に振った。

「まだ来ていないのか」

「……その慌て振りだと、夜遊びに誘うわけではなさそうだな」

同僚の門番が表情を険しくした。

「確実な話ではないが、淡海の堪忍袋の緒が切れたかも知れぬ」

「堪忍袋の緒を切る……誰にだ。主膳さまか」

門番ではありながら、そのじつ柳生家の隠密《おんみつ》を務める伊賀者である。主膳宗冬が一夜にどのような態度をとっているかくらいは知っている。

「いや。主膳さまなぞ、端から目にない」

「主膳さまに聞こえたら、激発なさるぞ」

首を左右に振った素我部一新に、同僚が苦笑した。

「では、誰に……殿か」

訊きかけた同僚が気づいた。

「お呼び出しがあったが、おられなかった。そのことを咎められたか」

「その辺はわからん。が、佐夜に暇を出した」

素我部一新が告げた。

「他に気に入った女中ができたとか、妾《めかけ》を長屋に連れこみたいからではないな。あの佐夜どのだ」

「それが手も出さん」

思わず素我部一新が嘆息した。

「しまった。それどころではない。もし、淡海が来たら、決して外に出すな」

「無茶を言うな。門限までの通行は認められているのだぞ」

素我部一新の要求に同僚が困惑した。

「理由なんぞ、なんでもいい。門が開かなくなったとでも」

「なんという無茶を。わかった。なんとかしよう」

「頼んだ」

あきれた同僚に手を振って、素我部一新は別の門へと急いだ。

高禄の旗本、大名の屋敷には、正門の他にいくつかの門があった。その一つが家臣や出入りの商人が使う脇門であり、それ以外に台所に近い勝手口門、正門の反対側になる裏門、そして死者や不義を働いて追放される者が放り出される不浄門などがあった。

といっても屋敷が塀を共用して隣接していたり、辻《つじ》に面していないなどで門の数が少ないところも多い。

柳生家の上屋敷も片隣が塞《ふさ》がっているため、実質脇門と裏門、そして道場の出入りとなる冠木門《かぶきもん》しかなかった。

「淡海どのが出ていかなかったか」

「いや」

裏門での確認を終えた素我部一新は道場ではなく、正門へと回った。道場は柳生家でも重要な場所になるが、剣術嫌いの一夜は足を踏み入れようともしなかったため、弟子たちに顔を知られていない。また、道場は多くの弟子たちが出入りするため、人相を話したところで、確認はまず無理であるからであった。

「淡海どのは」

「ああ、先ほど用があると出かけていかれたな」

「どこへっ」

素我部一新が身を乗り出した。

「支払いのことがあると言われていたが、どことは訊いていない」

正門の門番が首を左右に振った。

「荷はいかがであったか」

「……荷」

言われた門番が首をかしげた。

「大きな風呂敷包みとか、背負い荷物とか」

「はて、気がつかなんだの」

「どちらへ行ったかは」

「見ておらぬなあ。なんぞあったのか」

素我部一新の問いに門番が戸惑った。

柳生家の門番でも伊賀者でない者はいる。主に昼間の正門を担当し、夜番は伊賀者と交代した。その交代が暮れ六つであった。

「いや、もし、淡海どのが戻られたら、素我部が探していたと伝えてくれ」

「当番の間ならの」

門番が素我部一新の頼みにうなずいた。

「……殿だな」

屋敷を出たならば、もう隠しようはない。素我部一新があきらめた。

柳生宗矩は松木に諫《いさ》められたことで、少し落ち着いていた。

「たしかに良くはなかった」

「はい」

付き合いが長いだけに、松木に遠慮はなかった。

「それに、もしあの場に淡海がいたとしたら、より面倒になりましたでしょう」

「なぜだ」

柳生宗矩が首をかしげた。

「あのまま淡海と顔を合わせただけで、加賀守さまはすませられましたでしょうか」

「なにか褒美を与えたと」

老中が陪臣《ばいしん》を呼んだだけというのは、まずありえなかった。

陪臣というのは、基本として表に出ない。なにか手柄があったとしても、陪臣ではなくその主に褒賞を渡し、そこから当の相手に届けるのが慣例であった。

「見事なる武芸であった。これを取らせる」

将軍が天下の名人を呼んで、その腕を見る武芸上覧などは別であるが、忠義という観点からそうするのが礼儀ではあった。

そして、呼び出しておいてなにも与えないというのは、恥になる。

「吝《しわ》い」

ようはけちだと評判が悪くなる。

もちろん、褒め言葉だけでも十分な褒美になるときもある。しかし、ほとんどの場合は刀や銀子《ぎんす》などを取らせた。

「当家からも扶持を出そう」

ただし、これは御法度とされていた。

まったく例がないわけではないが、侍というのはご恩と奉公で成り立っている。ご恩とは知行あるいは扶持などで、生活を子々孫々まで保証してもらうことである。対する奉公は、決められた軍役あるいは下知に従い、いざ鎌倉《かまくら》というときは主の盾になって命をかけることだ。

「己が死んでも、子供に禄は与えられる」

そう思えば命を惜しむことなく戦えるし、負け戦で逃げるときでも主の背後を守って殿《しんがり》を務められる。

だが、他家からも禄をもらっていると、どちらに忠義を尽くすかという問題が出てきてしまう。極端な話になるが、主と扶持をくれている相手が戦うとなったとき、どちらに従うかと迷いが出る。

「見逃してくれ」

追い詰めたとき、止《とど》めがさせなくなるかも知れない。

「あやつは某《なにがし》どのからも扶持を受けておる」

場合によっては主君が家臣を疑うということにもなる。

ゆえに他家の者からの禄や扶持は、出してても受けてもいけないとされていた。

「まさか、扶持を」

松木の言葉に柳生宗矩が目を大きくした。

「……一夜なら受けかねぬ」

老中首座からの褒美を主君だからといって、断らせることはできなかった。

「ほう、余の好意が気に入らぬと申すか」

堀田加賀守にすごまれても柳生家は左門友矩のこともあり、改易されることはまずないし、将軍家剣術お手直し役という役目を取りあげられることはない。

「奈良《なら》奉行、伊勢《いせ》奉行、大津《おおつ》奉行に命じる。柳生の郷《さと》へ繫《つな》がる道に関を設けよ」

しかし、柳生の郷を孤立させることはできる。

人の流れ、ものの流れを制されれば、柳生の財政はまちがいなく崩壊する。穫《と》れた米を大坂へ持ちこみ、それを売って金を得ている柳生家が金策の方法を失う。なれば、余った米を江戸へ運び、屋敷での消費に回すというのもできない。

「なにとぞ」

将軍家剣術お手直し役という立場を利用して、家光《いえみつ》に泣きつくことはできる。

「加賀守、良い加減にな」

家光にこう言われれば、堀田加賀守は逆らわない。すぐに柳生への嫌がらせは止まる。

「左門をそろそろ戻してはどうじゃ」

当然、願いには代償が要る。

「ただちに」

拒むことなどできるはずもなく、柳生宗矩は国元に押し込めた左門友矩を江戸へ呼び返し、家光のもとへ上げなければならなくなる。

「尻の光で大名か」

「剣でなく、別のものを握る方が得手なのだろう」

もう柳生への尊敬などなくなる。

「辞めさせていただく」

「二度と柳生新陰とは名乗らぬ」

弟子たちが去っていく。

「お預かりした者どもをお返しする」

柳生宗矩の機嫌を取るためにと、藩の剣術指南役として迎えた新陰流の高弟たちが送り返されてくる。

「お手直し役を辞退いたしたく」

こうなれば柳生宗矩も身を退《ひ》くしかなくなり、将軍家お家流《いえ》の看板を失った柳生新陰流は衰退、いずれ消え去る。

「いなくてよかったのか」

ようやく柳生宗矩は一夜が留守にしていた理由を理解した。

「なぜかあやつのことになると気が荒れるわ」

柳生宗矩が苦笑した。

「一夜をもう一度これへ」

それを叱りつけたのだ。柳生宗矩もさすがにまずいと気づいた。

「御免をくださいませ。火急につき、お目通りを」

そこへ素我部一新が報告に来た。

「……素我部か。よい、開けよ」

柳生宗矩が許可した。

「殿」

「かまわん、申せ」

ちらと松木を見た素我部一新に、柳生宗矩がうなずいて見せた。

「はっ。淡海一夜、屋敷を出ましてございまする」

まだ帰ってくるかも知れないので、出奔という言葉を素我部一新は使わなかった。

「なんだとっ。いつだ」

「小半刻《こはんとき》（約三十分）ほど前かと」

驚いた柳生宗矩に素我部一新が告げた。

「なぜ止めなかった」

「門限前でございますれば……」

咎めた柳生宗矩に素我部一新が首を横に振った。

「長屋はどうなっている」

「妹に確かめさせましたところ、夜具、鍋釜、着替えの衣服など、そのままだそうでございまする」

「そうか……」

柳生宗矩が少し安堵した。

「殿、逃げる者が大荷物を持ち出すわけはございませぬ」

松木が柳生宗矩に言った。

「なぜだ。逃げるときはすべて持ち出さねば、購うことができなくなるのだぞ」

一度豊臣秀吉《とよとみひでよし》によって領地を取りあげられた経験がある柳生宗矩は、そのときの恐怖を忘れていなかった。

「淡海の実家をお考えください。夜具なんぞ千でも、鍋釜なら万でも買える身代《しんだい》を持っておりますぞ」

「……………」

柳生宗矩が絶句した。

「探せ、なんとしても探せ。そういえば、一夜はどこへ行くと申して門を出たのだ」

ふと柳生宗矩が思い出したように訊いた。

いつもではないが、早朝とか門限近くの出入りには、門番が理由を尋ねることがある。

「本日の宴席の支払いについて話をしてくると」

「商家か。一夜の付き合いのある商家はわかっておるな」

答えた素我部一新に、柳生宗矩が確認した。

「すべてとは申しませぬが」

素我部一新が述べた。

「やむを得ぬ。知っているところだけで良い、手分けして……いや、皆に報せるのはまずいな」

「とくに主膳さまが、それこそ欠け落ち者は上意討ちと駆け出しますぞ」

踏みとどまった柳生宗矩に松木が付け加えた。

「となれば、素我部、そなたに任す」

「承りましてございまする」

素我部一新が命を受けた。

「もし、帰りを拒まれたときはいかがいたしましょう」

「気を失わせても良い。場合によっては手足を折るくらいは許す」

「では」

酷薄な指図に、素我部一新が無感情な声で応じた。

四

柳生家上屋敷を出た一夜は、駿河屋総衛門《そうえもん》を訪れた。

「やはり、なりましたか」

一夜を迎え入れた駿河屋総衛門が苦笑した。

「老中首座さまも姑息《こそく》なまねをしてくれるわ」

大きく一夜がため息を吐いた。

「無理もございません。わたくしでも柳生さまを攻めるとしたら淡海さまになります。最大の強みは、最大の弱みでもございますから」

「最大の強みと言われるのは面映《おもは》ゆいけど、乱世の織田《おだ》家を倒すなら鉄炮《てっぽう》隊を狙うわな。鉄炮隊なんぞ火薬がなくなれば、盾にもならん」

駿河屋総衛門の話に一夜が同意した。

「硝石を南蛮から買えぬようにすると」

「そうや。今は作ってるけど、あのころは南蛮交易でしか手に入らへんさかいな。琉《りゅう》球《きゅう》辺りに人置いといて、寄港する南蛮船から買い占めたらええ。別に永遠に買わんでも、織田はんが一度か二度戦うのを邪魔すればすむ。他にも伊勢湾の海賊を支援するという手もある。敦賀湊《つるがみなと》に南蛮船や唐《から》船が来んように、出雲《いずも》の境湊《さかいみなと》で交易をすませるのもええな」

「織田さまは鉄炮とそれを支える財力が強み」

「すごいお人やで。あんな力がすべてちゅう乱世で、金の怖さを知ってはった」

一夜がしみじみと感心した。

「ああ、織田はんのことはどうでもええねん。すんでもうたことは変えられへんからな」

そんな場合やなかったと一夜が手を振った。

「こっちに火の粉が飛んできてるんやった」

「そうでございますな。で、どうなさるおつもりで」

頬をゆがめた一夜に、駿河屋総衛門が訊いた。

「このまま大坂へ逃げ出したいちゅうのが本音やけどな。それをすると、首がのうなる」

一夜も、家臣の欠け落ちが忠義を基本としている幕府最大の禁忌であることくらいはわかっている。

「ですな」

大名と取引の多い駿河屋総衛門もうなずいた。

「でまあ、ちいと間にいろいろ挟もうかと」

「間に……」

にやっと笑った一夜に、駿河屋総衛門が首をかしげた。

「で、駿河屋はん、老中首座さまとはお知り合いで」

「はい、お出入りを許してもらっておりますよ」

「さすがやな」

「まさか、こちらから会いに行くと」

満足げな一夜に、駿河屋総衛門が息を呑んだ。

「罠《わな》っちゅうのは、知らんからはまるんですわ。向こうの呼び出しは明後日《あさって》。罠が仕掛けられるのも明後日。なら、仕掛けがすむ前に行けばええだけのこと」

一夜があっさりと言った。

「なるほど。わたくしは加賀守さまに面白いお方がおられますので、ご紹介をいたしたくと申せば……」

「嘘《うそ》やおまへんわな」

「加賀守さまを騙すことにもなりませぬ」

二人が顔を見合わせた。

「その他にはなにを」

しっかりと駿河屋総衛門は残りについても問うた。

「柳生の郷に行こうかなと。そろそろ来年の運上や年貢について打ち合わせとかなあかんし」

「それならば但馬守さまも文句は付けられませぬな」

藩財政の好転を命じたのは柳生宗矩である。それをするために国元へというのを止めるわけにいかなかった。

「江戸屋敷での節約は、なんとかでけましたしな。もっと細かいとこまでやらんと、五年ほどでもとの木阿弥《もくあみ》になってまいますし」

「当家はお約束を守りますよ」

駿河屋総衛門が、宣言した。

「それを疑うほど、わたいは目が利かんとは思うてまへん。駿河屋はんは、まちがいなく百代後まで柳生のためにお力添えをいただけますやろう」

一夜がその心配はしていないと断言した。

「では、なにを怖《おそ》れておられますので」

「柳生の人ですわ。いや、武士という類《たぐ》いですな。武士はあきまへん。己を他人《ひと》より上やと思いこんでる。そのうえ、いざとなったら力ずくでどうにでもでけると考えてる。こんな連中が政《まつりごと》を握ってますねん」

そこで一夜は一度嘆息した。

「今は柳生もおとなしゅうしてますわ。金がないんでっさかいな。でも一年で支払いが収入の範囲で収まるようになり、二年で収入を上回り、三年で余裕ができる。こうなったらどないなります」

「金があるのは当たり前になりますな」

にこにこと微笑《ほほえ》みながら駿河屋総衛門が応じた。

「人が悪いなあ。最初からわかっていて、言わせるんやから」

一夜が苦笑した。

「それを五年と見られましたか」

「まず五年。わたいが思っているよりも柳生が阿呆やったら三年、羹《あつもの》に懲りて膾《なます》を吹くだったとしても八年でしゃろ」

確かめるような駿河屋総衛門に一夜が答えた。

「防ぐ手立ては」

「それも訊かはりますか」

「お互いの考えをすりあわせておくべきではございませんかな」

あきれる一夜に駿河屋総衛門が言った。

「わかりましたけど、もっとええ手があったら、教えてくださいな」

一夜が条件を口にした。

「はい」

首肯《しゅこう》して、駿河屋総衛門が促した。

「柳生の勘定方を商人《あきんど》にしま」

「商人を登用すると」

「それはあきまへんで。但馬守はんは認めはっても息子はんがなあ」

「淡海はんも息子さんですよ」

「あらためて言われると、むっちゃ腹立ちますわ」

一夜が吐き捨てるように言った。

「かというて、なかったことにはできまへん」

小さく一夜が首を横に振った。

「なので、できるだけ被害がこっちに向かんようにせんと。そこで勘定方を鍛えようかと」

「武士に商人の考えを教えこむと」

駿河屋総衛門が問うた。

「そうするしかおまへんやろ。武士は違うとか、金なんぞどうにかなるとかいう考えを捨てささんと、一万石なんぞあっという間に借金まみれでっせ」

一夜が述べた。

大名になったといったところで、一万石でしかない。五公五民に年貢をあげて、ようやく年に五千石、そのうち七割は家臣の禄や扶持であり、残った三割で江戸と国元の屋敷を維持し、藩主一族の生活と大名としての面目を保たなければならないのだ。とても余裕などあるはずはなかった。

「柳生の強みは、将軍家剣術お手直し役を家業としていることですわ。これのおかげで参勤交代せんですんでまっさかいな」

大名にとって、参勤交代は軍役の一つであった。国元から兵を連れてきて、一年間江戸の防備をおこなう。これが徳川家と臣従した大名たちとの約束である。

大名たちは二年に一度、国元から江戸まで石高によって数十人から千人をこえる藩士を連れて旅をしなければならない。もちろん、一年の参勤が終われば、家臣たちを連れて帰国する。

さらに江戸に連れてきている藩士たちの生活も幕府や徳川家はみてくれない。石高の大小にかかわらず、参勤交代は大名にとって最大の負担であった。

「しかし、いつまでも将軍家剣術お手直し役が続くかという問題が出てきます。今のところ、柳生の息子たちは……わたいを除いてですけど、皆一流の剣士ですわ。まず、将軍家剣術お手直し役を剝奪されることはない」

「その次はわからぬと」

「次の次、未来永劫《えいごう》柳生からは剣術の才能が途切れないというんやったらよろしいけどなあ。そうはいきまへんやろ」

「老舗が馬鹿息子によって潰れた話はいくつもありますな」

駿河屋総衛門が同意した。

「それに剣術の才能があったところで、子供が女しか生まれなかったら……」

「婿養子を取れば……」

答えかけた駿河屋総衛門が口をつぐんだ。

「将軍に直接触れる剣術お手直し役。それにふさわしい家柄で剣術の名人なんぞ、そうそういてまへん。そのうえ婿養子に出られる次男以降ともなると、砂のなかから金の粒を探し出すほうが簡単ですわ」

「たしかにさようでございますな」

駿河屋総衛門が首を縦に振った。

「それを但馬守さまは……」

「わかっていると思います。でなければ、惣目付を真剣にするわけおまへんわ。いくら正義は吾にありちゅうても、やり過ぎは恨みを買うだけでっせ。柳生は剣だけやないと見せとかなあかんからこそ」

一夜が告げた。

「そろそろ来ますやろ」

暮れ六つの鐘が鳴り終わった。


素我部一新は、門番をしているときに一夜の夜具や鍋釜を運んできた金屋を最初に訪れた。

「こちらに淡海が来ておらぬか」

「淡海さま……いえ、お見えではございませぬが」

「……そうか。真《まこと》のようだな」

伊賀者として、素我部一新は相手の表情を読むことくらいはできる。金屋儀平の態度から、一夜がここに来ていないことを瞬時に見て取った。

「邪魔をした」

「いえ」

さっと素我部一新は金屋を出た。

「……あきさせてくれませんね。あのお方は」

金屋も商売人である。素我部一新の様子から、なにか起こったとすぐに見抜いた。

「この刻限に探しに来る。さては逃げましたか」

金屋儀平がおもしろそうな顔をした。

「となれば、駿河屋さんでしょうなあ」

独りごちた金屋儀平が、より楽しそうな雰囲気になった。

「淡海さま、たしかに駿河屋さんは頼りになりましょう。ですが、駿河屋さんは商人。利のない話にはのりません。ことがうまくはこんだとき、きっちり利を取りあげられますよ」

笑いを浮かべながら、金屋儀平が呟《つぶや》いた。

金屋を出た素我部一新は、日暮れまでに屋敷へ戻ろうとする武士、一日に仕事を終えて家へ帰ろうとする民で混《こ》み合う辻を、まるで無人の野を行くように駆けた。

「なんだっ」

「疾《はや》い」

すぐ側《そば》を通られた人々が声をあげたころには、素我部一新はもうかなり離れている。

「あそこか、駿河屋は」

駿河屋は大名出入りだけでなく、小売りもしている。とはいえ、店構えが堂々としていて、そうそう一見《いちげん》で入れる雰囲気ではないため、素我部一新は駿河屋を訪れたことがなかった。

「まだ、開いているか」

駿河屋の奉公人らしい者たちが、表を掃除したり、暖簾《のれん》を片付けたりしているが、まだ表戸は降ろされていなかった。

「すまぬ。ここは駿河屋で違いないか」

表を掃除している奉公人に素我部一新が尋ねた。

「さようでございまする。当店に御用でございましょうか」

店仕舞い寸前とはいえ、相手は武士である。奉公人は小腰をかがめて応じた。

「拙者は柳生の家中で素我部と申す。こちらに当家の淡海は来ておらぬか」

「淡海さまでございますか。しばしお待ちを」

奉公人が周囲にいる同僚へ顔を向けた。

「誰か、淡海さまについて知っているか」

「淡海さまなら、小半刻ほど前にお見えになられたぞ」

「まことか」

答えた奉公人へ、素我部一新が詰め寄った。

「ひっ」

思わず奉公人が逃げた。

「す、すまぬ。脅かすつもりではなかったのだ」

素我部一新が詫《わ》びた。

「い、いえ。こちらこそ申しわけございませぬ」

奉公人も頭を下げた。

「淡海はどこに」

「主とお話をなされておりまする」

「駿河屋どのとか」

素我部一新が戸惑った。

商人との打ち合わせというのは、逃げ出すための口実だと思っていた。それが駿河屋総衛門と話をしているとなれば、偽りではなくなってしまう。

「駿河屋どのにご都合を伺っていただけぬか」

江藤屋《えとうや》追放のときに素我部一新も一役かっていた。駿河屋総衛門がどれほどの大店《おおだな》かはわかっている。いかに武士だというのを表に出しても、押し入るわけにはいかなかった。

「お待ちを」

すぐに奉公人が店へと入っていった。

「ああ、片付けを続けてくれていい」

客の前でばたばたとするわけにはいかない。掃除をしていた奉公人たちが一所に集まって静かにしているという大店らしい気遣いに、素我部一新が気にしないでいいと告げた。

「いえ、わたくしどもが叱られますので」

最初に素我部一新の応対をした奉公人が首を横に振った。

「すまぬ」

そこまで言われてはしかたないと、素我部一新が礼を述べるだけにした。

「旦那《だんな》さま」

「平三郎《へいざぶろう》かい。開けていいよ」

襖越しにかけられた声に、駿河屋総衛門が許可を出した。

「お客さまの前で失礼をいたしまする」

平三郎と呼ばれた奉公人が襖を開けて、まず一夜へ一礼した。

「すまんな。武藤か素我部かやろ」

「は、はい。素我部さまと」

一夜に言われた平三郎が驚きながらも首肯した。

「よろしいか、通してもろうても」

「結構でございますとも」

一夜の求めに駿河屋総衛門がうなずいた。

「平三郎、お客さまをこちらへ」

「はい」

命じられた平三郎が離れていった。

「素我部さま……たしか、門番をなさっておられた」

「よう、覚えてはりますな。江藤屋を脅したのが素我部ですわ。人の顔を覚えるのが商人の第一。さすがは駿河屋はん」

首をかしげるようにした駿河屋総衛門に、一夜が感心した。

「褒められてもなにもでませんよ」

駿河屋総衛門が笑った。

「ご案内いたして参りました」

ふたたび平三郎の声が聞こえた。

「お入りいただきなさい」

一夜が許可を出すわけには行かない。駿河屋総衛門が認めた。

「では」

すっと襖が開かれた。

「淡海……」

「素我部はん、どないしたん」

上座にいる一夜を見るなり、素我部一新がなんともいえない顔をした。

「どうぞ、座敷へ。そこではお話もできませぬ」

駿河屋総衛門が素我部一新を誘った。

「ああ、すまぬ」

駿河屋総衛門に頭を下げて、素我部一新が客座敷へと入った。

「淡海、なにも言わず帰ってくれ」

「なんや急に」

一夜が素我部一新の求めに、怪訝な顔をした。

「文句はあるだろうが、そこは呑みこんでだな」

「あのなあ、素我部はん。はっきり言うてくれんとわからんがな。わたいは今、今日の宴席で無理をお願いしたことに対する御礼《おれい》と、その無理を通してもらったことへの代価を話し合いに来ている。いわば、御用や。それを理由もなしに屋敷へ戻れと言われても、首は縦に振れへんで」

「御用ではなかろう。殿にその旨をお話ししてはおるまい」

「はあああ」

盛大に一夜がため息を吐いた。

「あのなあ。わたいが江戸へ来て殿さんとお話をしたときに、勘定方にかんしては一任するという約束ができてんねん。その勘定方の役目のために駿河屋はんと話し合うてるんや。これを御用ではないと言うのんか」

「それは……」

素我部一新が詰まった。

「とりあえず、今は戻ってくれ」

「それが素我部はんの一存やったら、あかん。御用の邪魔をするな」

頼みこむ素我部一新に、冷たく一夜が拒んだ。

「殿の命じゃ」

「そうか。それやったらしかたないけど……駿河屋はん」

「はい」

「また後日ということでお願いできますやろうか」

「お断りをいたしましょう」

一夜の願いを駿河屋総衛門が一蹴した。

「今回のご要望にはかなりの無理をいたしております。早急にご対応いただかねば、こちらとしては納得がいきませぬ」

「駿河屋どの」

厳しい駿河屋総衛門の言葉に、素我部一新が絶句した。

「本日の日延べを認めたとして、いつお見えいただけますか。明日でしょうか、それとも明後日でしょうか」

「……それは約束できぬ。しかし、当家はかならず」

「交渉相手は淡海さまですな。淡海さまなれば当家は無理をお受けしました。それ以外のお方がというならば、取引はいたしかねまする」

「………」

一夜が帰れば二度と出てこられなくなるかも知れないという駿河屋総衛門に素我部一新は反論できなかった。

「しかし、門限が……」

「御用にも門限があるとは知らなんだわ」

なんとか食い下がろうとした素我部一新に、一夜があきれた。

「……わかった。ここにいてくれ。殿にご報告して参る」

素我部一新が退いた。

第四章　女の思案

一

嫁入り前の娘を暗くなるまで店に留《とど》めておくわけにはいかない。

「そろそろ帰り」

夕刻に近づいたところで、淡海屋七右衛門《しちえもん》が信濃屋《しなのや》の娘たちに声をかけた。

「はい。そうさせていただきまする。須乃《すの》」

「うん」

長女永和《とわ》に促された須乃が、算盤《そろばん》を置いた。

「お爺《じい》はん、ここまで締めてます。相違はおまへんでした」

帳面を須乃が淡海屋七右衛門に渡した。

「ご苦労はん。ほう、もうここまで。いやあ、須乃はんは算勘《さんかん》が得意やなあ」

好々爺《こうこうや》といった表情で、淡海屋七右衛門が須乃を褒めた。

「算盤《そろばん》好きやから」

須乃がうれしそうに照れた。

「帰りますよ」

永和がもう一度須乃を促した。

「はあい」

須乃が腰をあげた。

「ほな、明日」

「頼むわな」

一度毎日来なくてもいいと言ったところ、二人から泣かれんばかりにされた淡海屋七右衛門は、笑いながらうなずいた。

「御免を」

永和が一礼して部屋を出ていった。

「信濃屋さんのお迎えは」

「まだのようで」

笑いを消した淡海屋七右衛門の問いに、番頭の喜兵衛《きへえ》が首を横に振った。

「元気なのを二人付け。永和はんも須乃はんも信濃屋の器量よしで知れた娘はんや、阿呆《あほ》なことを考える奴《やつ》が出てこんとは限らんでな」

「はい」

「もし、二人になんぞあってみ。一夜が暴れるぞ」

「それは勘弁願いたいですな」

淡海屋七右衛門と喜兵衛が顔を見合わせて、震えて見せた。

己の出生が出生である。別段柳生宗矩が無理矢理母の佐登《さと》を犯したのではなくその逆に近いが、そうなった要因は、戦場武者たちが佐登を乱暴しようとしたことにある。

「母の腹から生まれておきながら、ようもそんなまねができるな」

一夜は女《おなご》が襲われることを心底憎んでいる。

「帰ってきたときに、一夜の前で土下座せんならんなるわ」

「土下座したところで、蹴飛ばされますわ」

淡海屋七右衛門と喜兵衛が苦笑した。

「ほな、手配を」

喜兵衛が席を立った。

「……便りのないのは息災の証《あかし》と言うけど、たまには手紙でも出してくれんかなあ。こっちの後始末はどないすんねん」

信濃屋の三姉妹と見合いをさせたのは、淡海屋七右衛門である。気に入った女《おなご》の一人でもできれば、江戸に居着くことなく大坂へ戻ってくるやろうという期待をこめての見合いであったが、まさか三姉妹全部を惹《ひ》きつけてくるとは思っても見なかった。

「たしかに商人としての才は、吾《わ》が孫ながらすさまじい」

淡海屋七右衛門が一夜を褒めた。

「儂《わし》は淡海屋を大坂一の唐物《からもの》問屋にした。それを一夜は天下一にしてみせると言いおった」

徳川《とくがわ》家が豊臣家を滅ぼすために起こした二度の戦いで、大坂の城下は灰燼《かいじん》に帰した。それこそ、淀川《よどがわ》の川縁《かわべり》から四天王寺《してんのうじ》の五重塔がまっすぐに見えたのだ。

いうまでもなく淡海屋も焼けた。

さすがに銘品と呼ばれた茶道具などをいくつか持って逃げ出すことができたので、淡海屋は再建できた。もちろん、そのていどで大坂一と名乗れるはずもなく、淡海屋七右衛門が博多《はかた》、京、奈良などを駆けずり回って、商品を買い集め、商いを立て直したからではある。

「ここまで来るのに二十年かかった」

淡海屋七右衛門がしみじみと言った。

「儂ももう還暦をこえた。口の悪い奴は、娑婆塞《しゃばふさ》ぎとか、そろそろやでとか言いおるが、一夜に店を預けるまで死んでたまるかいな。かというて、人の寿命はわからん。いつまでも元気でやってはおれん。喜兵衛も五十歳になったはずや」

小さく淡海屋七右衛門が息を吐《つ》いた。

「早よう帰って、嫁もろうて、子を作ってくれ、一夜。儂の余生を曽孫《ひまご》の面倒で過ごせるようになあ」

淡海屋七右衛門が寂しそうに呟《つぶや》いた。


信濃屋は寝屋川《ねやがわ》を少し東北に上がった京橋《きょうばし》で味噌屋《みそや》を営んでいる。といってももとは京橋ではなく、お城を挟んで真反対に近い堂衆町に店を構えていた。

石山本願寺《いしやまほんがんじ》の別院という位置づけで、上町《うえまち》台地の西端に教如《きょうにょ》上人が建てた御堂《みどう》の周囲が発展、僧侶や信者が住みついたことで生まれた堂衆町ほど悲惨な町はないと言えた。

堂衆町はその創立からまもなくして、織田信長《のぶなが》との戦いで焼かれ、再建した後も豊臣秀吉の大坂築城で削られ、最後は大坂の陣で焼き払われるという悲惨な歴史を経験してきている。

そこに新たな大坂城を徳川幕府が建てるという普請《ふしん》が入り、多くの住人が立ち退《の》きを余儀なくされた。

信濃屋もその一つであった。

「普請の砂埃《すなぼこり》なんぞ入ったら、商品が売れへんわ」

さっさと見切りを付けて、大坂城の普請外になる京橋へと信濃屋は引っ越した。

「御上《おかみ》は役にたたへん」

こういった経緯《いきさつ》もあり、堂衆町のもと住人は自助努力、自立の意思が強い。

「頼れるのは、己と信じた仲間だけ」

何度焼かれても、這《は》い上がった堂衆町である。その結束も強い。

それだけに一門に、いや、仲間に加える者への目は厳しい。

「あれはええ商人になる。いや、すでにあの歳《とし》で一人前や」

その信濃屋幸衛門《こうえもん》が、一夜を一目で気に入った。

「うちの娘のどれでもええから、もろうてくれへんかな」

商いは主の才覚で大きくもなれば店が潰れることもある。幸か不幸か、信濃屋幸衛門には息子がなく、三人の娘だけであった。

ようは、婿を選び放題なのだ。

もっとも、一夜は一人息子どころか、淡海屋七右衛門の血を唯一引いている一人孫で、婿養子にもらえるはずはない。

だが、才覚のある男と娘が夫婦《めおと》になれば信濃屋に危機が訪れたときに、大いなる助けとなってくれる。

「どうや、一夜はんは」

海に近い住吉《すみよし》に建てた寮、別宅に招いた一夜が帰った後、信濃屋幸衛門が三人の娘たちにその印象を問うた。

「是非に」

「跡継ぎのお姉はんを出すわけにはいかへんやん。わたいが」

「あたしがいく」

永和、須乃、衣津《いつ》の三人ともが、一夜の妻にと名乗りを上げた。

「無理はせんでええんやで」

父親が勧めた縁談を娘が断るなど論外、それどころか初夜の床入りまで相手の顔を見たこともないというのが普通にある。

そんななかで、信濃屋幸衛門は、無理強いをするつもりはないと、娘たちに告げた。

「家を飛び出しても、押しかける」

それを三人ともが拒んだ。

「男と女も商いと一緒。一生涯で出物に出会えることなんぞ、そうはないし。一夜はんを逃したら、次はないかも知れんへんし」

三姉妹の真ん中、もっとも快活な須乃が言い、

「…………」

「こればかりは譲られへんし」

無言でおとなしい永和が同意を示し、末娘が姉にいいところを持っていかれてばかりではたまらないと、気炎をあげた。

「わかった。でもな、おまはんらはお父はんにとって、かわいい娘や。誰かを贔屓《ひいき》にするわけにはいかへん。自分で一夜はんを手に入れや」

「はい」

三人そろっての笑顔に、父親としてちょっと寂しい思いをした信濃屋幸衛門だったが、援護は惜しんでいなかった。

「うち以外からの嫁取りはいささか」

数日後、信濃屋幸衛門は淡海屋七右衛門へ釘《くぎ》を刺しに行き、

「嫁入りの修業ということで、淡海屋さんの商いを学ばせたいと」

申し入れた。

「娘御はんらには、異論おまへん。一夜もええ娘はんらやったと喜んでましたんで」

淡海屋七右衛門はあっさりと受け入れている。

当然、淡海屋七右衛門にも思惑はある。

今回、一夜を柳生家へ連れていかれるのを見送らなければならない。よほど目利きのできない者でない限り、一夜の値打ちに気がつく。

「手放してはならぬ」

一夜がいるといないとでは柳生家の財政は、数倍の差を生む。

「一門として待遇」

柳生という武家名門の一門というのは、大きな名誉になる。

「人斬り包丁二本差して、あがめ奉れ……嗤《わら》うわ」

一夜にとって何一つ生み出さず、力で奪っていくだけの武士など穴の空いた草鞋《わらじ》ほどの価値もなかった。

「女で縛れ」

武士になるのをありがたいともうれしいとも思わない一夜を江戸に留めるには、女を使うしかなくなる。いくら算勘ができるといったところで、一夜は二十歳の男なのだ。女には弱い。ましてや、その女との間に子供でもできたら、一夜は江戸に残る。いや、柳生家の家臣として生涯を過ごすことになる。

己が父から捨てられた子供だったという経験は、一夜を強く縛っている。

そのことに淡海屋七右衛門は最大の懸念を抱いていた。

「女の罠《わな》ほど強いものはおまへん」

柳生宗矩はその手を使うと淡海屋七右衛門は確信していた。

「少しでも盾になれば」

そう考えて淡海屋七右衛門は、江戸へ出向く準備という短い期間に見合いをさせ、一夜の心を大坂に残させようとした。

「うまくいったが……」

淡海屋七右衛門は目利きのできる永和、算勘の得意な須乃、二人の姉に押されて実家で努力を重ねている衣津の三姉妹を気に入っている。どの娘が嫁になっても、淡海屋七右衛門に不足はない。どころか、大喜びできる。

「……ただなあ、後でもめるわなあ」

妻にできるのは一人である。妾《めかけ》を囲う商家の主《あるじ》はままいるが、妻と妾とでは格が違う。あくまでも妾は奉公人でしかなかった。妾との間に子ができても、本妻が許さなければ、店へ入れることはできない。

本妻に男女問わず、子があれば妾の子はどれだけ優秀でも店は継げず、せいぜい暖《の》簾《れん》分けをしてもらうのが精一杯になる。

「どの娘を選ぶか、贅沢《ぜいたく》な悩みや。上方で指折りのええ女が待ってるんや。江戸の紐《ひも》付き女なんぞにうつつ抜かすんやないで、一夜」

淡海屋七右衛門が微笑《ほほえ》んだ。

道頓堀から京橋までは、女の足で半刻《はんとき》（約一時間）弱かかる。淡海屋を出て北上、淀川沿いを東へ折れ、あとは川沿いに進めばいい。

いつもなら嫁入り前の娘を、それも評判の美形を姉妹だけで歩かせるわけにもいかないと信濃屋が手代《てだい》二人を迎えに寄こすが、味噌、醤油《しょうゆ》を卸す店として忙しいことも多く、間に合わないときもあった。

「暗うなるよりましや」

こういったときでも永和と須乃は淡海屋で待たず、人を付けてもらって帰る。途中で迎えと行き違うことのないように、決めた帰途を取る。

幸い今までは淀川に出るまでは人通りもあり、危ない目に遭《あ》ったことはなかった。

「悪いなあ」

須乃が送ってくれている淡海屋の手代《てだい》に申しわけなさそうな顔をした。

「なにを言われますやら。いとはん、なかんさんになにかあったら、若旦那《わかだんな》から大目玉くらいますわ」

手代の一人が手を振った。

「その一夜はんから、連絡はないいん」

遠慮のない須乃が訊いた。

「わたしらの知っている限りでは……」

「そうなんや」

須乃があからさまに落ちこんだ。

「江戸におられるんですね」

永和も話に加わってきた。

「そう伺っておりますけど」

「……遠いなあ」

小さく永和も嘆息した。

「大事おまへんって。若旦那は根っからの商人でっせ。その若旦那が二本差して、さようしからばごめんと畏《かしこ》まらはるはずはおまへん」

「そうでっせ。刀持ったところで田圃《たんぼ》のかかしにさえ勝たれへん若旦那ですけどなあ、算盤持たしたら天下無双、かの宮本武蔵《みやもとむさし》にでも勝てますねん」

手代たちが姉妹を気遣った。

「宮本武蔵はんも、算盤で勝負を挑まれるとは思ってまへんわ」

「そもそも算盤の遣い方をご存じなんやろうか」

須乃と永和が笑った。

「ちょっと待ちい」

和気藹々《わきあいあい》と進んだ四人の前に、人が立ち塞がった。

「あんたはんは、西屋《さいや》はん」

手代が気づいた。

「淡海屋の者《もん》か。おまえらには用がない。あっち行っとけ」

西屋荘兵衛《そうべえ》が手を振った。

「なにを言うてはりますねん。わたしらは主《あるじ》淡海屋七右衛門から命じられてここにおりますねん。あんたの言うことを聞かなあかん理由はおまへん」

若い手代が、西屋荘兵衛の指示を拒んだ。

「あん、おまえ、わかってるんか。儂《わし》はいずれ淡海屋の主となる男やぞ」

「はあ」

胸を張った西屋荘兵衛に、手代があきれた。

「若旦那さまがいてはります。西屋さんの出番はおまへん」

「武士に憧れて江戸へ行った者が、帰ってくるものか」

手代の反抗に西屋荘兵衛が嗤《わら》った。

「淡海屋七右衛門もええ歳や。もういつ死んでもおかしゅうないわ。そうなったら、江戸におるような孫が間に合うかい。大坂の商いは戦いや。主がいなくなった店なんぞ、あっちゅうまに食い散らかされるぞ」

西屋荘兵衛が言った。

「縁起の悪いこと言いな」

「ふん、縁起ですむ話か。明日そうなってもおかしないんやぞ」

手代の反論を西屋荘兵衛が抑えこもうとした。

「ええ加減にしいや」

須乃が口を挟んだ。

「女が口を出すな」

「男や女やなんぞ、今はかかわりないやろ。そもそもなんであんたが、淡海屋はんの家督にあれこれ言うねん」

「儂は淡海屋の親戚や。淡海屋を引き継いで当たり前じゃ」

西屋荘兵衛が胸を張った。

「親戚なあ。で、その親戚がなんで、わたしらの帰りを邪魔すんねん」

須乃が問うた。

「おまえらは信濃屋の娘やろ」

「そうや」

「淡海屋の跡取りの嫁になると」

「なるで」

須乃が西屋荘兵衛の問いにうなずいた。

「なら、儂の嫁ということや。嫁を迎えに来てなにが悪い」

西屋荘兵衛が堂々と言った。

「なにが悪いて、頭が悪いなあ。姉はん」

「頭が悪いのもそうやけど、気持ち悪いわ」

須乃に促された永和が身震いして見せた。

「おまえら……儂を舐めとんのか」

「草鞋に付いた犬の糞《ふん》より汚いもん、舐《な》めるなんて……」

「吐きそう」

姉妹が西屋荘兵衛を煽《あお》った。

「黙って聞いていれば、ええ気になりやがって。こっちへ来い。今から、誰が上か教えこんでやる」

「誰が誰の上だと」

永和の方へ手を伸ばした西屋荘兵衛の背中に氷のような声がかけられた。

「……なんや……ひっ」

振り向いた西屋荘兵衛が後ろに立っている信濃屋幸衛門の顔を見て、驚愕《きょうがく》した。

「信濃屋……なんでここに」

「はあぁ」

須乃が大きなため息を吐いた。

「気付いてへんというだけで、商人としてやっていけへんわ」

「なにに気付いてないと言うねん」

西屋荘兵衛が嚙《か》みついた。

「あたしらの足を止めたとき、こっちは何人やった」

もう須乃は西屋荘兵衛を歳上として扱う気も失っていた。

「何人……おまえら二人に、淡海屋の手代二人やろ」

「で、今、おまはんの目には何人映ってる」

須乃が尋ねた。

「……三人。一人足らん」

「阿呆というより、状況さえ把握できてへん。ようそれで店やってたわ」

ようやく気付いた西屋荘兵衛に、須乃があきれ果てた。

「姉はんの胸ばっかり見てるから、淡海屋はんのお人が離れたのも知らん。目の前のことしか見えん者がやっていけるほど大坂は甘《あも》うない」

「ほんに嫌らし」

須乃と永和が、西屋荘兵衛に汚いものを見るような目を向けた。

「だ、黙れ。こうなりゃ、どっちでもええ。傷物にしてやれば、儂のところに来るしかなくなる。そしたら、信濃屋から金を」

「引き算もでけへんのかいな」

信濃屋幸衛門が、西屋荘兵衛を蔑んだ。

「こっちは娘を除いて五人、そっちは一人や。勝負にもならんわ。さっさと去《い》ね。御上に突き出すのは勘弁したる」

「そんなもん……こっちこい」

「…………」

ことを大きくしたくないと言った信濃屋幸衛門を無視して、西屋荘兵衛が永和の手を摑《つか》んだ。

「あっ、やってもうた」

須乃が天を仰いだ。

「いとはん」

「こいつっ」

あわてて淡海屋の手代が飛び出そうとした。

「他人前《ひとまえ》で裾割られたら、女の操を奪われたも同然や」

西屋荘兵衛が永和の着物の裾へ手を入れようとした。

「触りとうないけど……」

永和が右手で西屋荘兵衛の喉を摑んだ。

「ぐっ」

遠慮なく締め付けられた喉は、西屋荘兵衛のうめきさえ許さなかった。

「なあ、三姉妹やから、信濃屋の身代《しんだい》付の娘やからと、何度狙われたかわかりますか」

穏やかな口調で、永和が西屋荘兵衛に話しかけた。

「姉というのは、妹を守るもの。幸い、首というのは女でも手の届く急所。なにより首は鍛えられませんし」

永和が西屋荘兵衛の首を絞めた。

「喉仏の少し左右に心の臓から頭へ血を送っている管があります。そこを締めると頭に血が届かへんなって……ほら」

すっと永和が手を離し、西屋荘兵衛が崩れ落ちた。

「永和、須乃、大事ないか」

信濃屋幸衛門が、二人の娘を気遣った。

「うん」

「これを触っていた手が気持ち悪いだけです」

須乃と永和が問題ないと答えた。

「どないします」

二人を迎えに来た信濃屋の手代が、気を失っている西屋荘兵衛を指さした。

「放っておきなさい。通行の邪魔になる場所でもなし」

「へい」

主の指図に信濃屋の手代が首肯した。

「では、ありがとうございました。淡海屋さんによろしゅう」

「へい。ではここで」

いつまでも他家の奉公人を縛り付けるわけにはいかないと、信濃屋幸衛門が淡海屋の手代二人を帰した。

「ほな、ここで」

一礼した手代二人はその場で手を振り、信濃屋幸衛門が遠ざかるまで見送った。

「……なあ」

声が届かなくなるのを確認してから一人の手代が同僚に話しかけた。

「信濃屋のいとはんとなかんはん……あんな別嬪《べっぴん》はんが惚《ほ》れてくれてるとはと、若旦那のことをうらやんでたんやけど」

「ああ、怖《おそ》ろしいなあ」

「若旦那は……大変やで」

しみじみと手代が言った。

「ところでやねんけどなあ」

「なんや」

同僚の言葉に、手代が応じた。

「女が全部、信濃屋のいとはんと一緒ちゅうことはないよなあ」

「……ないと信じよ」

否定してくれと言わんばかりの同僚に、手代が引きつった顔をした。

二

一夜を連れて帰ると言った素我部一新を、駿河屋総衛門が制止した。

「なれど、殿に一度話を」

「わかりました。では、今すぐにお立て替えの代金をちょうだいいたしましょう」

「いくらでござるか」

「二百四十両いただきましょう」

訊いた素我部一新に駿河屋総衛門が答えた。

「…………」

素我部一新が、絶句した。

「大名家のお祝いの宴席をすべて仕切らせていただきました。これくらいは当然でございますよ」

言葉を失っている素我部一新に駿河屋総衛門が告げた。

「あのなあ、その金額の交渉と支払い方法を決めるために、わたいは来てんねん。それを勝手に中断するんや。駿河屋はんの要求は当たり前や」

一夜が素我部一新へ述べた。

「淡海、おぬし……」

「そんな金持って出てくるわけないやろう。襲われたらどうすんねん」

素我部一新が支払えるかと問うたのを、一夜が一蹴した。

「い、一度屋敷へ帰らせていただきたく」

「お一人ですな」

「わたくしだけで」

駿河屋総衛門に念を押された素我部一新が、首肯した。

「御免」

一礼して素我部一新が、出ていった。

「よろしゅうございましたか」

「いや、ずいぶんと値引きしていただいたなと」

これでよかったのかと尋ねた駿河屋総衛門に、一夜が笑顔になった。

「さすがでございますな」

駿河屋総衛門が感心した。

「一夜干しだけでも相当な金がかかってるはずですわ。前日にあれだけの品を手配して、ていねいな仕事で干物にしてもろうてます。鯛《たい》と鮑《あわび》と伊勢海老《いせえび》の三つで一人あたり一両とは言いまへんが三分はかかってますやろう。それが駿河屋さんの買値。儲《もう》けを乗せたら一人前一両というところですか」

「畏れ入りますな」

「あと土産もええもんでしたなあ。お茶に遣う碗《わん》、しっかりとは見てまへんが、あれは信楽《しがらき》やないかと」

「まったく、その通りでございます」

ますます駿河屋総衛門が驚いた。

「茶碗《ちゃわん》という選択もすばらしいでっせ。剣術で仕えてきた柳生家が、惣目付《そうめつけ》というお役目をもって大名へと出世した。ようは武辺者だけやなくて、茶道にも通じているとの表明。大名として恥じないだけの教養はあるぞと示した。そのうえ信楽は柳生に近い、これだけのものを手配できるだけの伝手《つて》もあると見せつけた。今回のお客はんは、皆感心しましたやろうなあ。柳生侮れぬと」

一夜が語りながら、何度もうなずいた。

「ありがたいことでございまする。そこまで読んでいただくとは」

「お任せしたこちらが言うのもなんですけど、あれだけの銘品よう数そろえはりましたなあ」

うれしそうな顔をした駿河屋総衛門に、一夜が感嘆した。

「それほどたいしたことではございませぬ。茶席でお披露目して、恥を掻《か》かないのは、宴にまでご参加くださったお方と御老中さまへのご挨拶のお品くらいでございまして。残りは信楽では一人前ながら、名人と言われるほどではない陶工の作品。値段もそこそこ、数もあるという」

「いや、その数をそろえるのが難しいんと違いますか。いかに数あるというても、江戸にそれだけあるとは限りまへんやろ」

唐物問屋とはいえ、交易品だけを扱っているわけではない。萩《はぎ》や織部《おりべ》、常滑《とこなめ》など国内の有名どころの茶器なども扱う。一夜は、己で商いの差配をあるていどしていただけに、質の良し悪《あ》しの差を少なくしたうえで数を用意することの難しさを知っていた。

「井伊《いい》さまにお出入りを許されておりますので」

信楽を含め、近江《おうみ》のほとんどを支配している徳川四天王の一人井伊家とつきあいがあるからこそできたと駿河屋総衛門が教えた。

「すんまへん」

聞いた一夜が深く頭をさげた。

つきあいがあるとはいえ、かなりの無理を井伊家に頼んでくれたのはたしかであった。相応の代償を要求されたであろうことは、まちがいなかった。

「はい、しっかりその分は返していただきますよ」

「承知してますわ」

微笑みながら言った駿河屋総衛門へ、一夜は首を縦に振った。

商売は儲けていくらである。たしかに将来を見こしてわざと損をすることもあるが、それは悪手にもなりえた。

まず、その貸しが返ってこないこともある。続いて相手に借りを作ってしまったという圧迫を与え、距離を置かれたり、怖れられたりする可能性もあった。

素直に儲けを取ると言うほうが、客の側からしてみれば安堵《あんど》できる。それ以上の無理を押しつけないという宣言にもなるからであった。

「これをお願いできますやろうか」

一夜が懐から手紙を取り出した。

「大坂の淡海屋さまへでございますな。お預かりいたしましょう」

なにが書かれているかも訊かず、駿河屋総衛門が預かった。

「お爺《じい》はんに為替《かわせ》を送ってくれるように書いておます。ご安心を。上方は銀決済ですけど、ちゃんと小判でと記してますよって」

「お預かりすればよろしいのでございますかな」

「そのうち三百金は受け取っておくれやす。おつりの分は後日お願いしたことのお支払いに充当しますよって」

「後日……怖いですが、わかりましてございまする」

「残りは、ちょっと保管しておいてくださいな」

「いくら送ってこられるおつもりで」

駿河屋総衛門が怪訝な顔をした。

「とりあえず千両を」

「それはまた……」

さすがの駿河屋総衛門が驚いた。

千両はおよそ三千石の旗本、その年収に近い。実際はそこから家臣の禄《ろく》や扶持《ふち》を出すため、三千石ではなく一万石、柳生家が一年で遣える全額に等しい。

資産数万両をこえる駿河屋総衛門でもおいそれと出せる金ではなかった。

「せっかくなんで、江戸店を作ろうかと」

「ほう」

駿河屋総衛門が目を細めた。

「少し前から考えていたんですけど、今江戸は贅沢に染まりつつありますやろ」

「ございますな。とくにお武家さまが」

一夜の意見に駿河屋総衛門が同意した。

「戦がのうなった。天下は徳川のもとに一つになり、世は泰平になった。となるとどうなります」

「明日を楽しめるようになりますな」

尋ねた一夜に駿河屋総衛門が述べた。

「楽しめるとは、ええ言い方でんなあ。わたいでしたら明日があると信じられると表現するところですけど」

一夜がうんうんと首を上下させた。

「明日戦があって、貯《た》めこんだものをすべて奪われるかも知れない。明日討たれるかも知れない。その恐怖は余裕を認めまへん」

「ですな。生きていくだけのものがあれば十分と考えましょう、いや、なにも考えていないと申すべきでしょうか」

駿河屋総衛門が言った。

「今年は刈り取りのころに田畑を荒らされることがないとわかれば、お百姓はんは、精一杯のもみを蒔《ま》き、稲を育て米を作る。そして職人によりよい道具を注文する。それを受けて職人は忙しくなり、商人から炭や鉄を買い付ける。商いの増えた商人は、人手不足を賄うため、奉公人を求める」

「世のなかが回りますな」

一夜の話を受けて、駿河屋総衛門がうれしそうにした。

「ただし、そこから外れる連中がいてる」

「お武家さま」

すぐに駿河屋総衛門が答えた。

「そのとおりですわ。武士は収入が決まっている。もちろん、新田開発や殖産興業などで増やすことはできますけど、戦うことしかしてこなかった武士がそのことに気付くのはかなり先になりますやろ。今のところほとんどの大名、旗本が金に困っているわけではないので」

「柳生さまはお困りでしょう」

駿河屋総衛門が口元を緩めた。

「一度浪人してますよってな。そのへんの大名と違って、金のないつらさをよう知ってますわ」

一夜が苦笑した。

「まあ、柳生はどうでもよろし。どうせわたいの商いの相手ではおまへん。唐物を買うだけの余裕はおまへんわ」

「やはり唐物を江戸へ」

そのための金だなと駿河屋総衛門は納得した。

「今までは刀や槍《やり》を自慢していた武士たちですけどな、これからは茶道具に替わります」

「どうしてそのようにお考えでございますので」

駿河屋総衛門が首をかしげた。

「試験ですか。かなんなあ」

一夜が手で目を覆って見せた。

「お聞かせいただきたく。今まで通り、刀や槍ではいけませぬか」

「簡単なことですわ。御上、幕府が嫌がります」

問うた駿河屋総衛門に一夜が告げた。

「徳川はんは力で天下を獲《と》らはった。つまり、天下は力で奪われるものと証明してしまった」

「将軍さまは源氏《げんじ》の裔《すえ》でないとなれませんが」

駿河屋総衛門が天下人には条件があるだろうと疑問を呈した。

「わたいも源氏の裔。これでよろしいか」

誰でも言えることでしかないと一夜が口にした。

「その通りですな」

「そうなっては困りますわな。神君と崇《あが》められるほどの東照宮《とうしょうぐう》さまはよろしいけど、そのご子孫がかならずや天下人たるご器量をお持ちやとは限りまへん。もし、将軍にふさわしい血筋があるなら、足利《あしかが》はんは今でも将軍のはず」

「……………」

無言で駿河屋総衛門が肯定した。

「なによりまずいのは、徳川はんが初代将軍を神にしてしもうた。つまり、将軍のご子孫はんは、皆神の裔となった」

「神は祀《まつ》るものですな」

駿河屋総衛門も同じ考えだと述べた。

「社の奥で大切に守られる。そんな置物みたいな将軍で戦に勝てますか」

「勝てませんか。大将が実際に戦うなどまずございますまい。そうなれば、戦は負け」

嘆息した一夜に駿河屋総衛門が難しい顔をした。

「勝てるわけおまへん。置物、いや飾りの将軍だと、将たちが軽く見ます。万一勝ったとしたらわたいらがいてるからやと増長します」

「むうう」

駿河屋総衛門が唸《うな》った。

「そして、それは酷《ひど》くなり、将軍は要《い》らんのと違うか、己さえいれば戦は勝てる、そう思いこむ馬鹿がかならず出てきますわ。そうなれば、将軍の権威はなくなる。権威のなくなった将軍に天下の武士を抑えることはできなくなる」

「倒幕が始まる……」

「はい」

一夜がうなずいた。

「柳生の郷《さと》で十兵衛はんと会いました」

「ほう、それは」

天下無双とうたわれた柳生十兵衛のことは、江戸の庶民もよく知っている。

「剣術の腕をご覧に」

「見たくないと拒んだんですが、無理矢理」

一夜が思い出して不服そうに口を尖《とが》らせた。

「お強かったですか」

「あれは人やおまへん。天狗《てんぐ》か鬼ですわ。まさに一騎当千ですやろう」

「それほどに」

絶賛する一夜に、駿河屋総衛門が驚いた。

「ちなみに殿さんと次男左門友矩はん、三男主膳宗冬はんの腕も見ましたで」

「結論はわかっていますが、念のためにお伺いしておきたいですね」

一夜の評価を聞きたいと駿河屋総衛門が求めた。

「一番は十兵衛はん、二番が左門友矩はん、この二人の差はわずかですけど。次が殿さんですがちいと格落ち、かなり下がって主膳宗冬はん」

「…………」

訊いておきながら駿河屋総衛門が返答に困った。

「剣術を筆頭に武芸ちゅうのは、生まれ持ったる才と努力、経験がものを言います。惣目付としての役目を果たしてきた殿さんの腕が落ちるんは当然。非難はできまへん。問題は、そこやない」

一夜が首を横に振った。

「将軍家剣術お手直し役というのは、天下一の武芸者がするべきでっせ。しかし、十兵衛はんは、将軍さまの側《そば》にもいいひん。なんでやと思いはります」

真剣な眼差《まなざ》しで一夜が訊いた。

「当主ではないからでは」

「なら、左門友矩はんのように別家させればよろしいねん。そんなに石高は要りまへん。もう一つの将軍家剣術お手直し役である小野《おの》家はもと二百石でっせ。嫡男の十兵衛はんは、いずれ柳生の家を継ぎます。それまでの食い扶持くらいでよろしいねん。でも、そうではない。それどころか、お役目を追われて、国元や」

「剣術修行のためと本人が望まれたのではございませぬか」

「諸国回遊はしたらしい。もし、剣術修行の旅ならば、成果が出れば戻らなあかんはず」

「たしかに」

駿河屋総衛門が表情を引き締めて首肯した。

「でも十兵衛はんは、後進の指導のためと柳生の庄に道場を建て、新陰流を学ぼうと集まってきた連中の相手をしている。江戸へ帰る気配もない。おかしいですわなあ」

「仰せの通り、奇異に映りますな」

一夜の考えに駿河屋総衛門が首を縦に振った。

「ご存じですやろうけど、こういうのを黙って見逃せん性分ですやろ。当然、なんでここにと十兵衛はんに尋ねて見たんですわ」

「それは……」

興味を持った駿河屋総衛門が、思わず身を乗り出した。

「剣術の稽古で、上様のお頭《つむり》を木刀でひっぱたいて怒られたと」

「なんともはや」

将軍の頭をいかに剣術の稽古とはいえ、打つなど論外であった。

「でも、これでわかりましたやろ。武の象徴たる将軍はんが、真面目《まじめ》に剣術を学ぶ気がないと」

「ええ」

一夜の結論を駿河屋総衛門も支持した。

三

屋敷へ駆け戻った素我部一新は、その足で柳生宗矩のもとへと急いだ。

「殿」

「開けよ」

すぐに柳生宗矩が入室を許した。

「急ぎますゆえ、この場にて」

その手間さえ素我部一新は惜しんだ。

「一夜はどうした」

「それが……」

柳生宗矩の問いに素我部一新が遣《や》り取りを語った。

「……たしかにあやつに任せると申しつけたわ」

苦い顔で柳生宗矩が認めた。

「門限破り、欠け落ちとは言えぬな」

「いかがいたしましょう。連れ戻すとなれば……」

「三百両近い金などあるわけなかろう」

窺《うかが》うような素我部一新に柳生宗矩が吐き捨てるように言った。

祝宴の支払いは一夜に一任してあるとはいえ、その前にかつての出入りで柳生を食いものにしていた商家へ縁切りのための支払いをしている。

さすがに藩主である柳生宗矩の御手元金まで遣い果たしてはいないが、もともと御手元金なぞ、一年で十両くらいでしかない。当然といえば当然である。藩主あるいは当主が直接金を支払うことなどないのだ。御手元金というのは、そのほとんどが家臣たちに褒賞として渡すためにある。

ようは加増をしてやるとか、愛刀を下賜するとかというほどではない手柄への褒美の金なだけに、さほど用意されていなかった。

「では、いかがいたしましょう」

「放っておくしかなかろう」

対応を訊いた素我部一新に柳生宗矩が嫌そうな顔で告げた。

「戻ってこられたら、こちらに」

「いやいい。顔を見たら腹が立つわ」

素我部一新の伺いに柳生宗矩が首を横に振った。

「ただし、明後日は出歩くなと命じておけ。さすがに加賀守さまのお指図を無視するわけにはいかぬ」

一夜なら平然と堀田加賀守との約束もすっぽかしかねない。

「聞いておりませんでしたので」

行かずに責任を柳生宗矩に押しつけるくらいはやってのける。

「下がれ」

柳生宗矩が素我部一新に手を振った。

「はい」

素我部一新が一礼して襖《ふすま》を閉じた。

「……父上」

隣室との襖が開いて、主膳宗冬が入ってきた。

「許しを得ぬか」

息子とはいえ、当主である父への礼儀は必須である。柳生宗矩が主膳宗冬をたしなめた。

「お叱りはいくらでも受けまする」

主膳宗冬が腰を下ろし、頭をさげた。

「……一夜のことか」

「さようでございまする。あまりに我《わ》が儘《まま》ではございませぬか。父上の召喚にも応じぬというのは、家臣として不十分にもほどがございましょう」

「吾が命に励んでおるのだ。邪魔はできまい」

苦虫をかみつぶしたような顔で、柳生宗矩が首を横に振った。

「それにしても、あのような態度は認められませぬ」

「…………」

思っていたことを言われて柳生宗矩は黙った。

「もう不要でございましょう、あやつは」

「なにを言う」

主膳宗冬の言葉に、柳生宗矩が驚いた。

「出入りの商人を入れ替えたことで、出費はかなり減ったのではございませぬか」

「どのくらい減ったかはわからぬが、たしかに減ると松木から報告は受けている」

藩内のことは基本として家老の役目になり、当主はざっくりした報告を聞くだけであった。

「しかし、出るのは減っても、入るのを増やさなければ、余裕は出ぬぞ」

柳生宗矩が腕を組んだ。

「あやつの案はご存じでございましょう。松木から聞きましたぞ」

主膳宗冬が問うた。

「たしかに知っておる」

「ならば、それをすれば良いだけございましょう」

「いや、あやつでなければ取引できぬ相手ばかりじゃ」

「そのようなもの、柳生家の権威をもってすれば、どうにでもできましょう。それでも言うことを聞かぬというならば、他の商家に命じればよろしいかと」

「むっ」

柳生宗矩が思案した。

「上意討ちをご命じくださいませ」

主膳宗冬が柳生宗矩の思案を割って、願った。

「理由がないわ」

「欠け落ちいたしたことに」

首を左右に振った柳生宗矩に主膳宗冬が提案した。

「それは通らぬ。欠け落ちでないとすでに余は認めておる」

さきほど素我部一新にそう告げたばかりであった。

「伊賀者でございましょう。忍《しのび》ごとき、強く命じれば口止めできまする。不服そうな顔をしたところで、禄を取りあげるといえば、泣いてすがってまいりましょう」

相手にするほどでもないと主膳宗冬が言った。

「駿河屋もおるぞ」

「それこそ、たかが商人、なにほどのこともございますまい」

父の諭しに、気にする意味もないと主膳宗冬が嗤《わら》った。

「…………」

「ご決断を」

勝手に一夜を討つことはできなかった。それこそ、主膳宗冬が国元へ押し籠めになる。

「いや、ならぬ」

「なぜでございまするか」

拒んだ柳生宗矩に、主膳宗冬が声を大きくした。

「あやつは加賀守さまのお召しを受けておる。その一夜を上意討ちなどにしてみろ、加賀守さまがどのようにお考えになられるか」

「家中《かちゅう》のことでございましょう。いかに老中首座さまとはいえ、お口出しは……」

「阿呆。そなた出仕して何年になる。まだ城中での、いや老中の力をわかっておらぬ」

「…………」

叱られた主膳宗冬が黙った。

「なんとしても明後日のお召しは無事にすまさねばならぬ」

「……では、明後日を過ぎれば……」

主膳宗冬が食い下がった。

「そこまで一夜が邪魔か」

「柳生の一族に卑しい商人など……剣もまともに握れぬやつがおるなど耐えられませぬ」

父のあきれに主膳宗冬が拳を握りしめた。

「剣もまともに握れぬ……か」

柳生宗矩が苦笑した。

「主膳、そなたはわかっておるのか。今の柳生に剣の達者は要らぬ。すでに十二分に揃《そろ》っている。十兵衛、左門、そしてそなたと明日の柳生新陰流には、なに一つ不安はない」

「はい」

褒められた主膳宗冬が誇らしげに胸を張った。

「しかし、柳生藩は別である。不安しかない。剣術だけで藩は維持できぬ。政《まつりごと》はもとより、財を集めることができねば、藩は成り立たぬ。柳生百年の未来《さき》を見るためには、一夜の力が要る」

柳生宗矩が説得した。

「あやつの代わりくらいならば、いくらでもおりましょう」

「……若いな」

反論した主膳宗冬に柳生宗矩がため息を吐いた。

「今までできていなかったことを、そなたはわかっておらぬ。よいか、松木以下、誰も出入り商人を入れ替えるということに気づかなかった。年貢と運上以外で収入を得ようなどと考えつきもしなかった。それを一夜は来て十日も経《た》たぬうちにしてのけたのだぞ」

「それは、金勘定などという卑しいことを武の柳生は認めておらぬからでございまする」

主膳宗冬が言い返した。

「認めなかった結果をわかったうえで申しておるなら、そなたは愚かである」

柳生宗矩が古い考えに固まっている息子を叱った。

「な、なんと」

叱られた主膳宗冬が顔を赤くした。

「もうやり方はわかったのでございますれば、家老たち、勘定方でできましょう」

「できなかったものが、口で言われただけでできるようになると」

「…………」

主膳宗冬が黙った。

父が剣術をたとえに出していると主膳宗冬にもわかった。ここでできるといえば、道場で初心の者にやって見せろと言われることになる。

「無刀取りを教えよ、口だけでな」

柳生新陰流の極意の一つである技を口だけで、初心者に伝えなどできるはずはなかった。

「転《まろばし》でもよいぞ」

そもそも無刀取りを主膳宗冬は使えなかった。貴人の側に侍《はべ》るために編み出されたもので、身に寸鉄も帯びず襲い来た者から刀を奪って反撃するのが、無刀取りである。柳生家でも使えるのは宗矩、十兵衛、左門友矩だけで、高弟でも教えてもらえない。転も同様に極意だが、こちらは単純に剣術の技であり、主膳宗冬でも使いこなせている。とはいえ、初心者にできるものではなかった。

「できまいが」

柳生宗矩が厳しい目で主膳宗冬を見た。

「剣術と金を稼ぐのを一緒にはできませぬ。剣術は心と身体《からだ》が練られなければできませぬ。しかし、商いなどしゃべれればできまする」

「容易だと申すのだな」

「はい」

ここまで来ては首肯するしかない。

念を押した柳生宗矩に、主膳宗冬が応じた。

「ならば、一つ条件を付ける。それを果たしたならば、一夜の首、そなたにくれてやる」

「おおっ」

一夜を討つことを認めた柳生宗矩に、主膳宗冬が声をあげた。

「まだじゃ。余の申すことを果たしてからである」

柳生宗矩が喜んだ主膳宗冬をたしなめた。

「申しわけございませぬ。で、なにをいたせば」

「ここに一夜が出してきた金を得る方法がある。このうち一つでよい。なしとげよ」

尋ねた主膳宗冬に柳生宗矩が告げた。

「では、松木……」

「ならぬ。そなたがいたせ。でなければ、そなたは柳生藩の者として一夜に劣るということになる」

「……わたくしに商人のまねをしろと」

言った柳生宗矩に、主膳宗冬が目を大きくした。

「武の柳生に人はある。柳生藩に役立つ者でなくば、そなたに居所はない」

柳生宗矩が主膳宗冬に藩主としての顔を見せた。

四

結局、駿河屋総衛門と話している間に素我部一新は戻ってこなかった。

「どうやら、放置のようでございますね」

「御用だからなあ」

苦笑する駿河屋総衛門に一夜も同じ思いだと笑った。

「さて、あんまり遅いと怒られるよって」

「夕餉《ゆうげ》の用意をいたしております る」

「うわあ、そそられるなあ。江戸で評判の駿河屋はんの御膳」

一夜が興奮した。

「空腹でおられましょう」

「今日は、昼喰《く》いかねたからなあ」

宴の手配もあったが、なにより佐夜に暇を出してしまったため、昼餉を用意する暇がなかった。

「では、おい」

駿河屋総衛門が声をあげた。

「はい」

涼やかな声がして、襖が開いた。

「ようこそ、お出《い》でくださいました」

廊下で若い女が一礼した。

「お嬢はんですか。これはまたおきれいな」

身につけているものが女中とは思えない。一夜が娘の正体を推測した。

「娘の祥《さち》でございまする」

「祥と申しまする」

駿河屋総衛門の紹介に合わせて、祥が名乗った。

「柳生家で勘定方をいたしております。淡海一夜でございまする」

一夜が深く礼を返した。

「…………」

祥が少し目を見張った。

すべてとは言わないが、武士は庶民、とくに商人を見下している。その武士が商人の、しかも娘にていねいな応答をした。

「ああ、この格好は世をあざむく仮の姿というやつですわ。本業は商人《あきんど》ですねん」

驚いている祥に一夜が手を振った。

「商人……変わったしゃべり方」

祥が混乱した。

「このお方はな、大坂で一番と評判の唐物問屋淡海屋さんの跡取りなのだよ」

駿河屋総衛門が口を出した。

「その唐物問屋淡海屋さんの跡取りさまが、なぜ柳生家の勘定方をなさっておいでなのでございましょう」

祥が首をかしげた。

「不本意なことに、柳生家の血を引いてますねん」

思い切り一夜は顔をしかめて見せた。

「……不本意」

誰もが武士になりたいと願っているときに、嫌だと言い切る一夜に祥が、さらに目を大きくした。

「自らで金を動かしてこそ、おもしろいと思いまへんか。工夫をすることで同じ商いでも儲けが変わる。時と場合で変化をするのが商い。それにたいして、武士のやることは毎日一緒ですやろ。勘定方言うたかて、算盤を置くのが精一杯。値段の交渉も好きにでけへん。上役の顔色を窺って、さらに武士の面目がどうのこうのと。そんなもん、楽しくもなんともおまへん」

一夜がため息を吐いた。

「ほんま、血筋やなかったら御免ですわ」

精一杯、一夜が文句を言った。

「そうなんですのね」

祥が上品に微笑んだ。

「そろそろ膳を」

「まあ、すみませぬ。ただちに」

駿河屋総衛門が急《せ》かし、祥が急いで膳を運びこんだ。

「粗餐《そさん》でございまするが、どうぞ」

祥が一夜の前に膳を置いた。

「旦那さま」

駿河屋総衛門の前には女中が膳を配した。

武家では女を給仕に使わなかった。男の従者にすべての世話をさせる。従者を雇えないほど貧しい武家ならば、母や妻、娘がおこなうが、それでも食事を共にすることはなかった。

「お客さま用の夕餉は用意いたしておりませぬ」

いつものものだと駿河屋総衛門が言った。

「それこそありがたいこと」

一夜がうれしそうに応じた。

いつもと同じものを出してくれる。これは客ではなく身内扱いということであった。客ならば豪勢な食事が出るし、どうでもいい相手ならば食事に誘わない。

「江戸の味付けはお気に召されるかどうか」

「食べられるだけで、文句は言うたらあかんですやろ」

駿河屋総衛門の謙遜に、一夜が手を振った。

「いただいてよろしいか」

「どうぞ」

「ほな、遠慮のう」

一夜が箸を手に取った。

「……ふうむ。これはええ米や」

最初に白米を口にした一夜が感心した。

「はい。備前《びぜん》から運んでもらっておりまして」

「備前から。それは手間かかりますな」

一夜が驚いた。

江戸から備前岡山《おかやま》まではおよそ百六十里（約六百四十キロメートル）ある。

「船で運んでもらっております」

駿河屋総衛門が語った。

「このへんの米は買わはりませんので」

輸送費がかなり違う。一夜が訊いた。

「悪くはないのですが、備前の米には勝てません」

「なるほど。では、そこまでこだわれるのは」

次に出てきた疑問を一夜が口にした。

「米がうまいと、おかずが少なくてもすみましょう」

駿河屋総衛門が己も飯を口に含んだ。

「ああ」

一夜が納得した。

「駿河屋さんでは、何人の奉公人をお抱えに」

ついでとばかりに一夜が尋ねた。

「表と奥を合わせて、二十人を少しこえましょうか」

駿河屋総衛門が答えた。

商家でいうところの表は店、奥は奉公人も含めた生活全般のことだ。

「二十人……それはすごい」

一夜が驚いた。

「淡海屋さんは、どのくらいを」

「うちは表と裏合わせて九人ですわ」

訊かれた一夜が指を折った。

「それは少ない」

「うちは祖父と、わたいだけでしたから」

少ないと言った駿河屋総衛門に一夜が述べた。

「上に女の人がいらっしゃらない」

すぐに駿河屋総衛門が理解した。

商家の主とその家族を上といい、奉公人を下と呼ぶ。どちらにも女中は付くが、女のいない淡海屋では、上の女中が一人ですんでいた。

「当家では、妻、祥に一人ずつ、上全体を差配する女中頭、雑用をこなす女中と上だけで四人おりまする」

駿河屋総衛門が告げた。

「それでも表に十五人ほどいてはりますねんなあ」

一夜がしみじみと感心した。

「いろいろなものを扱っておりますので」

駿河屋総衛門が苦笑した。

「淡海屋さんは、唐物だけでございましょう」

「そうですわ」

一夜がうなずいた。

「それで九人も抱えておられているのは、立派なものでございますよ」

「下の女中が二人いてるから、正確には七人ですねんけど」

店を褒められた一夜が照れながら続けた。

「唐物問屋というのは、どうしても買い付けに重きをおかなければいけまへん。出物があると聞けば、鞆《とも》や博多へ行くこともままあります。出物という噂《うわさ》のものでは、祖父が出向くこともおますわ」

「直接、出向かれると」

「目利きでは、誰も祖父にかないません」

一夜が自慢するように言った。

「主が出かけるとなれば、供をする者も要る。たしかに人手はいりますな」

「そうですねん。それに扱うものがものですやろ。いろいろと……」

「盗賊とか野盗ですか」

「はい」

駿河屋総衛門の確認に一夜が首肯した。

「……ごちそうさまでございました。いやあ、腹がくちくなりました」

おかわりを三膳して、一夜は夕餉を終えた。

「では、明日昼前に」

「すんません」

堀田加賀守への目通りを頼んだ一夜へ、駿河屋総衛門がその刻限を伝えた。

「では、おやすみやす」

一夜が駿河屋を後にした。

「……祥、どうだ」

「変な口調が気持ち悪い」

駿河屋総衛門に訊かれた祥が、一言で答えた。

第五章　守攻変化

一

帰ってきた一夜《かずや》を脇門で出迎えたのは、素我部一新《すがべいっしん》であった。

「おや、朝も当番やなかったか」

見慣れた顔に一夜が首をかしげた。

「おまえのせいじゃ。まったく……」

素我部一新が苦情をつけた。

「なんでやねん。御用で出た者を追いかけてくる方が悪いんや」

ちゃんと報告していたと一夜が言い返した。

「むっ」

素我部一新が詰まった。

「いや、そもそもおぬしが、佐夜《さよ》を返すからこうなったのだ。佐夜になにか気に入らぬところでもあったのか」

「あるかいな。料理も掃除も洗濯もうまい、こっちがお茶飲みたいなと思えば、なんも言わんでも察してくれる。そのうえ、あれだけの美形やぞ。気に入らんちゅうような男は、若衆好みだけやで。枯れ果てた老爺《ろうや》でも危ないわ」

怒る素我部一新に、一夜が手を大きく振った。

「ではなぜ、暇を出した」

「巻きこむわけにはいかんやろ」

理由を言えと迫る素我部一新に、一夜が顔つきを変えた。

「……巻きこむだと」

素我部一新の声が低くなった。

「役目はいつ終わる。立ち話はまずいわ」

どこで誰が聞いているかわからないのだ。一夜が話を止《や》めた。

「……………」

目を閉じて素我部一新が耳を澄ました。

「盗み聞きの気配はないが、言うとおりだな」

素我部一新がうなずいた。

「そういえば甲賀《こうか》者がいてたなあ」

思い出したと一夜が手を打った。

「連れていかれたというに、忘れてたのか」

「商いにかかわってへん奴《やつ》なんぞ、一々覚えてられんわ。忙しいよってな」

あきれた素我部一新に一夜があっさりと応じた。

「代わりを探してくる。長屋でいいな」

「ええで。でも疲れたからな、あまり遅いと寝てまうで」

「心配するな、水をぶっかけてやる」

「止めてくれ。掃除が大変や」

嫌そうに頬《ほお》をゆがめて、一夜が長屋へと向かっていった。

「……兄者」

一夜がいなくなると同時に、忍《しのび》装束に身を固めた佐夜が暗がりから浮くようにして現れた。

「佐夜、一夜の長屋に忍べ」

「話を聞けと」

「そうだ。しっかりと聞いておけ」

「承知」

音もなく佐夜が消えた。

「さて、交代を頼むか」

素我部一新が動いた。

長屋へ戻った一夜は、久しぶりに真っ暗な室内にため息を吐《つ》いていた。

「そうかあ、一人やねんなあ」

一夜がしみじみと呟《つぶや》いた。

「お爺《じい》はん、どないしてるやろ」

ふと一夜が祖父淡海屋七右衛門《おうみやしちえもん》のことを思い出した。

「元気やったらええねんけどなあ」

一夜にとってたった一人の血縁になる。

「……風呂沸かすのめんどいなあ。かというて明日のこともあるし……身ぎれいにはせんといかん」

のろのろと一夜は羽織と袴《はかま》を脱いだ。

「…………」

ていねいに羽織と袴をたたむ。

一枚の布を裁断して作られる着物は、脱ぎっぱなしにしておくと変な癖が付いてしまう。そうなると火熨斗《ひのし》をあてるなどしないといけなくなり、手間が増える。

わずかな手間を惜しむことが後で大損に繋《つな》がることを、一夜は淡海屋七右衛門から教えこまれていた。

「腹も膨れてるし、眠いわ」

常着に着替えた一夜が独りごちた。

「……どこで喰《く》ってきた」

一夜の独り言を天井裏で佐夜が聞いていた。

「淡海、おるか」

「素我部はん、奥や。勝手にあがってくれ」

出迎えはしないと一夜が応じた。

「……待たせたか」

「いや、寝てまう前でよかったわ」

居室に入ってきた素我部一新に一夜が笑った。

「白湯《さゆ》もないで」

「かまわん。喉が渇いているわけではない」

素我部一新がなにもないと言った一夜に首を左右に振った。

「それより、話をせい。佐夜を辞めさせた理由を聞かせろ」

「ああ」

要求する素我部一新に、一夜がうなずいた。

「巻きこまれるのを避けたと言ったな。なにに巻きこまれると」

素我部一新が真剣な目つきで一夜を見た。

「加賀守《かがのかみ》はんのことや」

「ご老中首座さまがどうだと」

意味がわからないと素我部一新が怪訝《けげん》な顔をした。

「当日の朝、注文していたはずの魚が届かない。いや、市場が開かれない。こんなもん、偶然やないわな」

「……むっ」

素我部一新が唸《うな》った。

「町奉行所を動かして、魚河岸を突然閉めさせる。そんな力を持っている者《もん》ちゅうたら、加賀守はんだけや。なにより、まず来ないはずの宴席に加賀守はんが出てくるちゅうのもおかしい。そこまで柳生《やぎゅう》と加賀守はんは親しいのか」

「いや、付き合いはまったくないはずだ」

確認された素我部一新が首を横に振った。

「儀礼で呼ばれた小大名の宴席に出て、加賀守はんになんの得がある」

「得……」

「ないやろ。ああ、もちろん金儲《かねもう》けの話ではないで」

「それくらい、言わぬでもわかっているわ」

妙な念押しをした一夜に、素我部一新があきれた。

「となると、宴《うたげ》に来た、魚河岸を閉じた、この両方に加賀守はんの思惑があると思わんか」

「老中首座さまと当家には因縁がある」

「知ってるで。左門《さもん》はんのことやろ。上様のご寵愛《ちょうあい》を巡って……」

一夜が知っていると告げた。

「そうだ」

素我部一新が首肯した。

「宴席を台無しにするおつもりだったと」

「そうや。大名に立身した宴席に、まともな料理すら出せないとなればどうなる。別段、上様へ無礼をしたわけやないから、柳生に咎《とが》めはないやろうけど、今後の付き合いには影響が出るわな。大恥を掻《か》いた柳生家を、まともに相手してくれる大名なんぞ、いてへんなるわ。困るでえ。嫡男の十兵衛《じゆうべえ》はん、次男の左門はん、三男の主膳《しゆぜん》はん。この誰にもええところから嫁はんはもらえへん」

「……………」

素我部一新が黙った。

「もともと惣目付《そうめつけ》で恨まれていた柳生や、周囲も老中首座さまとことを構えてまで味方してくれるところはないやろ。それどころか、加賀守はんのご機嫌を取ろうと城中で嫌がらせをする連中が出てくるはずや」

一夜が続けた。

「左門はんに上様のご寵愛を奪われた恨みを晴らす好機やったのが、不発に終わった。さて、加賀守はんはどない思う」

「腹立たしいであろうな」

素我部一新が首を縦に振った。

「でなあ、そういった裏を返すことを殿はんはできるか」

「できまい」

一夜の問いに素我部一新が言った。

「となると、誰の入れ知恵やとなる」

「新規加入したおぬしにつながってくるわけか」

「そうや」

「それでお目通りを許すとなったか」

素我部一新が納得した。

「問題はそこやねん。あの場に出ていってもよかったんやけどな。いや、加賀守はんと二人きりやったら、出てたな」

「他のお客さまがたが都合悪いのだな」

「証人になるやろ。老中首座の加賀守さまは、極端な話やけど、なにをしてもええ。それこそ、うちの殿さんの顔に酒をかけてもな。しかし、逆はあかん。ましてや陪臣のわたいが、加賀守はんの機嫌を損ねたらまずい。それも満座のなかでや。言いわけもできんし、かばうことでけへん」

「ああ」

　一夜の怖《おそ》れを素我部一新が理解した。

「それを避けるために、わたいは逃げたんや。しかし、それですむはずはない。まず加賀守はんは、わたいを呼び出す。実際、明後日来いと言いはったようやしな」

　一夜が苦笑した。

「加賀守さまの屋敷内では、なにがどうなってもわからぬか」

「さすがに謀反人にはされへんやろうが、どのような罪をでっちあげられるかわからん。そうなったとき、佐夜はんはどうなる」

「どうもならんだろう。連座させるにしても女中までは無理だ」

「なあ、家中《かちゅう》に伊賀者のことを嫌ってるお方がいてへんか」

「……………」

　指摘された素我部一新が黙った。

「わたいらからみたら、忍も武士も一緒やねんけど、武士からすれば違うねんやろ」

「……………」

「無言は認めるのと一緒やで。南蛮では沈黙は金、雄弁は銀とかいうらしいけど、黙っていたら大損するで。言いたいことを言わんと、相手の言い分を認めることになる」

一夜が素我部一新に助言した。

「いないとは言わぬが……」

「誰やとは言えんか」

苦渋に満ちた素我部一新に一夜がため息を吐いた。

「おそらく、そのお方はわたいのことも嫌いなはずや。なんせ商人やさかいな。武士の嫌いな金儲けを生業《なりわい》とする者。さて、そこにちょうどええ事態が起こる。商人あがりの藩士が老中首座さまを怒らせて咎《とが》めを受けた。なんとか、その累を藩に及ぼさないよう、加賀守さまのお怒りを鎮めなあかん。それには生け贄《いにえ》がいる。まさか大坂まで手を伸ばす余裕はない。往復だけで十日もかかっていては、その間に被害が出るやも知れんさかいな。となると、直近で生け贄にできる相手は……」

「佐夜……」

素我部一新が唖然《あぜん》となった。

「女中として雇うてると知っている者は何人いてる」

「同じ伊賀の出の者だけだ」

「女中ではないと思われている女《おなご》と同じ長屋で過ごしてる。それも女はかいがいしく、掃除や洗濯をしてる。それやとどうできる」

「届出が遅れているだけで、婚姻を約していると取れる。いや、そうでなければ佐夜が、淫《みだ》らな娘とされる」

確かめる一夜に、素我部一新が呆然《ぼうぜん》となった。

「婚姻をなした妻でも連座では死罪にならへんが、流罪にはでける」

武家の連座は厳しい。それこそ血筋をどこまでもたどるくらいのことはする。もちろん、幕府に逆らったという公の罪ではないが、老中首座へのものとなれば、それに準ずる影響がある。

「佐夜はんは、これからや。上方にもあれだけの女はそうそういてへん。こんなところで蹴躓《けつまず》いてええ人やない。もったいなさすぎる」

一夜が断言した。

「とろで、妹はんが流罪になったら……素我部はんはどないなる」

「藩にはおられなくなるな」

素我部一新が答えた。さすがに連座は素我部一新に及ばないが、それでも柳生家での居場所はなくなる。

「わたいと伊賀者が邪魔なお方にしてみれば、まさに一石二鳥」

一夜が口の端をゆがめた。

「柳生から離れられるんやったら、わたいは大歓迎なんやけどな。命を失うわけにはいかへんねん。淡海屋の跡取りはわたいしかいてへんし、娘に先立たれたお爺はんに孫の墓守までさせることはでけへん」

すっと一夜が目を細めた。

「しゃあさかい、ちいとわたいは動くことにしてん」

「なにをする気だ」

うっすらと嗤《わら》った一夜に、素我部一新が緊張した。

「知らんほうがええ。わたいと素我部はんは違う。今は伊賀者の扱いやけど、三代もすれば立派な譜代や。武士になり」

一夜が素我部一新の求めを拒んだ。

二

一夜が水を浴び、夜具に包《くる》まるのを確認して、佐夜は天井裏を抜け出し、兄の長屋へと帰還した。

「淡海は寝たか」

「……ああ」

するりと天井裏から佐夜が兄の呼びかけに応じて降りてきた。

「どう思う、淡海の話」

「兄者こそ」

素我部一新の問いを妹はそのまま返した。

「否定できぬ」

大きく素我部一新が嘆息した。

「主膳さまでございますね」

「お名前を出すな。どこで聞かれているかわからぬ」

主膳宗冬だろうと言った佐夜を素我部一新が叱った。

「誰が、わたくしたちの話を盗み聞けると」

佐夜が鼻で嗤った。

「おごるな。我ら以上の術者がおらぬという保証はない」

素我部一新が妹をたしなめた。

「…………」

不服そうに佐夜が黙った。

「おまえがいかぬのは、そこだ。年長者の意見は素直に聞け」

「兄者なればこそ、聞いた」

反論していないと佐夜が言い返した。

「まったく、どういう育て方を……」

「知っているはず。伊賀の郷の決まりを」

嘆く兄に妹が淡々と答えた。

「わかった、わかった。近いわ」

素我部一新が手を振って、間合いを詰めた佐夜に離れろと言った。

「で、どうする」

あらためて素我部一新が今後のことを問うた。

「殿のご命なのだろう。吾《われ》に淡海を落とせと」

「そうだな」

素我部一新が首肯した。

柳生宗矩は言うことを聞かない一夜を縛り付けるために、佐夜を呼び出した。

「なれば、そのまま任を続けるだけ」

「だが、淡海から暇を出されたのだろう」

「女中としてはな」

にやりと佐夜が笑った。

「押しかけてくれるわ。今度は妻としてな」

「……………」

今度は素我部一新が佐夜の言葉に引いた。

「しかし、それこそ淡海の心遣いを無にすることになる。淡海に嫌われるぞ」

「……いざとなれば薬を盛る。子供であろうが老人であろうが、我慢できなくなるやつを」

「止めておけ。淡海だぞ。そんなまねをしたら、逃げ出すぞ」

「逃がさぬわ」

佐夜が胸を張った。

「忠告はしたぞ。どうなったとしても、己で責を負え」

素我部一新があきらめた。

「ただ、今はまずい。加賀守さまのことがある」

「そっちに一服盛るか。二度と口がきけぬように」

剣呑《けんのん》なことを佐夜が言った。

「怖ろしいことを申すな。上様のお怒りを買うぞ。加賀守さまは上様のご寵臣《ちょうしん》だということを忘れるな。それこそ手を下した者を探すために、天下のすべてを動かされるぞ。御上《おかみ》に仕える伊賀《いが》組を敵に回せば、勝ち目はない」

伊賀組は二代目服部半蔵《はっとりはんぞう》の暴挙に耐えかねて叛乱《はんらん》を起こし、その数を三分の一近くに減らされたが、それでも柳生に仕える伊賀者の十倍いる。多少の腕の差など、数の暴力の前には、まさに蟷螂《とうろう》の斧《おの》でしかなかった。

「……わかった」

しぶしぶ佐夜が毒殺を引っこめた。

「なれば、しばらく江戸を離れる」

「もう一度修業しなおすか」

旅に出ると言った佐夜に、伊賀の郷へ帰るかと素我部一新が訊《き》いた。

「いいや。大坂へ行く」

「大坂……淡海の実家か」

素我部一新が口にした。

「女を大坂に置いてきているという。その女に操立てをしている」

「らしいな。同じ商家の娘であろう」

「どのような女か見てくる」

「殺すなよ。殺せば淡海は敵に回る」

一夜の恐ろしさがどこにあるかを素我部一新はわかっている。

「殺さぬ。少なくとも殺されたとわかるような稚拙なまねはせぬ」

「………」

事故死や病死に見せかけられれば片付けると暗に言った妹に、素我部一新が唖然《あぜん》とした。

「では」

すっと佐夜が出ていった。

「しくじったか。女の色香に迷うことなどない伊賀者でさえ、佐夜には欲情する。その佐夜と一つ屋根の下になれば、淡海も手を出そうと思ったが……逆に佐夜の矜持《きょうじ》を傷つける羽目になってしまった。面倒ごとが増えただけ……」

一人になった素我部一新が嘆息した。

起床した一夜は、生まれて初めて米を己で炊いた。

「……うわっ、ぬかくさい。硬い、焦げ臭い」

一夜は飯を口にした瞬間、呆然となった。

「水入れて火にかけたらええんと違うんかいな」

豪商の跡継ぎである一夜は米の炊き方を聞きかじっているていどで、やったことはなかった。当たり前である。そんな暇があれば、商いを覚えた方がいい結果を呼ぶ。

「一合しか炊かなかったのが救いや」

昼前には駿河屋総衛門の店へ行く。つまり、昼餉《ひるげ》は要《い》らない。夕餉も家で食べることになるかどうか、わからないとなれば、多めに炊いても腐らせるだけであった。

「湯漬けにしたらましかなあ」

そのままでは喰えないと一夜は、白湯をかけた。

「黒いのが浮いてきた。焦げか」

嫌そうな顔で一夜は白湯を捨て、もう一度注《つ》ぎなおした。

「……吞《の》むことになったわ」

味わうどころか嚙《か》むのも辛《つら》い。一夜は湯漬けを飲みもののように胃へ落とした。

「ごちそうさん」

一合の米は、概《おおむ》ね茶碗《ちゃわん》二杯分になる。一夜はなんとか釜の飯を平らげた。

「まだ江戸に留《とど》まるんやったら、女中か小者《こもの》を雇わんと、死んでまうわ」

一夜が嘆息した。

「もったいないことをしたかなあ。佐夜はんのこと。紐《ひも》付きやなかったら、遠慮せんかったんやけどなあ。裏に殿はんの顔が透けて見えては、勃《た》つもんも勃たんわ」

さてとと一夜が立ちあがった。

身なりを整え、勘定方へ一夜は顔を出した。

「淡海、来たか」

勘定方では機嫌の悪い松木《まつき》が待っていた。

「なんぞ御用ですかいな」

一夜は松木に訊きながら、与えられている上座につき、用意されていた書付に目を落とした。

「淡海、なにを考えている」

松木も勘定方の煩雑さは知っている。仕事の手を止めよとは言わなかった。

「わたいの考えていることですか。そら、決まってますわ。大坂へいつ帰るか」

いつ帰れるかではなく、いつ帰るかと、こっちの都合次第だと一夜は告げた。

「そなたっ……」

「わたいは邪魔ですやろ」

「…………」

怒りかけた松木が、一夜に言われて黙った。

「恩と奉公、それさえまともにでけへん大名家に、ええ人が集まるとでも」

「口を慎め」

「…………」

叱られた一夜が黙って書付に戻った。

「誰や、これをやったんわ」

「拙者でございまする」

一夜の問いに勘定方の一人が手を上げた。

「勘定が違《ちご》うてるで。算盤《そろばん》おきなおし」

「は、はいっ」

あわてて手を上げた勘定方が書付を引き取った。

「……これは」

「わたくしで」

次の書付を見た一夜の声に、若い勘定方が応じた。

「この人足の日払いやけどな。三日前に比べると二十文もあがっている。一日百六十文という約束やったはずや」

「人手が足りぬので、少し多めに出さねば集まらないと、口入れ屋が」

「で、文句も言わんと帰ってきたんか」

言いわけを聞いた一夜が、じろりと若い勘定方を睨《にら》んだ。

「…………」

「たしかに、今江戸は普請流行《ばやり》や。大工や左官が忙しいのはわかる。しかし、当家が約束したんは人足やぞ。人足は牢人《ろうにん》でもできる仕事や。天下に牢人が溢《あふ》れているし、江戸で一旗揚げようと出てきた若い男も一杯おる。そんな連中がいきなり仕官できたり、商家に奉公できるか。でけへんやろ。そうなるとその日の食い扶持をなんとかせんならんとなる。一日働いたら、しっかりその場で賃金をもらえる人足に、そういった連中が群がるのは当然。人手不足というたところで、二十文、一割五分からの値上げをせなあかんほどやないわ」

「ですが……」

「足動かし。座ってたら、なんもわからん。どこでもええわ。普請場へ行って人足に、いくらで雇われたか訊いといで」

「わたくしが人足に声を」

言われた若い勘定方が驚いた。

「実際を見てお出《い》で。書付だけ見てるから、言われるとおりになんねん。もちろん、訊いたらもっと高いときもあるやろ。そしたら、この口入れ屋を大事にしたらええねん。まあ、黙って値を上げて、請求のときに報《しら》せるような店は、まあたぶん外れやけどな」

一夜が首を横に振った。

「なにしてんねん。さっさと行き。のんびりする間はないねん。勘定方が止まれば、柳生の家は干あがるんやぞ」

「はい」

厳しく言われた若い勘定方が急いで出ていった。

「…………」

その背を見もせず、一夜は書付に戻った。

「淡海」

松木がしびれを切らせた。

「…………」

「手を止めよ」

「……なにか」

いやいや一夜が顔を向けた。

「なぜ返答をせぬ」

「口を慎んでたんですけど」

怒る松木に、平然と一夜が返した。

「……おまえはっ」

松木が顔を赤くした。

「自分でそう命じておいて、黙ったら黙るなですか」

「屁理屈《へりくつ》を申すな」

「正論ですわ。屁理屈やおまへんで」

叱りつけた松木に対し、一夜は淡々と答えた。

「なっ」

「ええ加減にしてくれまへんか」

まだなにか言いたそうな松木を一夜は制した。

「仕事の邪魔です。ご家老はんの怒声で、皆縮こまってまっせ」

「むっ」

言われて松木が周囲を見た。

「…………」

慌てて勘定方たちが目を伏せる。

「銭勘定は生きものでっせ。一日遅れたら一日の損。金返すのが一日遅れたら、利だけやなく詫《わ》び金が要るますねん。なにより、まともに金を返せもせえへん大名に、誰も貸してくれへんなります。そうなったら、どないします」

「別の商家を使えばいい」

「商人を甘く見すぎですわ。不始末をしでかした相手のことを、商人は報せあいます。あそこは金を借りても返せへんと」

「…………」

松木が黙った。

「可もなく不可もなく、波風立たない家政。旗本のときはそれができましたやろう。石高が多いというたところで、大名のような付き合いはない。ましてや柳生家は惣目付やったんでさかいな。近隣の大名は、領土の境目でなんぞ不都合があっても、黙って折れてくれてた。それがなくなった。つまり、柳生は大名に出世したことで、谷に落ちた」

一夜が続けた。

「ああ、落ちた谷なら登ればええ。それはまちがいですわ」

「どういう意味じゃ」

松木が一夜の話に引きこまれた。

「谷があるなら、また落ちますやろ。谷は埋めてまわなあきまへん」

「……谷を埋める」

「藩政の穴を塞ぐと言い換えてもよろし。ようするに柳生家の弱点をなくす。そのためには最初に勘定をしっかりとせなあかん」

繰り返した松木に一夜が述べた。

「柳生は一万石、おそらくこれ以上増えることはおまへんやろ。周りが悪すぎる」

「悪すぎるか」

わかっているのか松木が苦い顔をした。

「北を彦根《ひこね》の井伊《いい》、南を紀州徳川《きしゆうとくがわ》家、東を津《つ》の藤堂《とうどう》に囲まれている領地で拡大できますか」

「できぬな」

実際には幕府領もあるが、それを取りあげたとなれば、恨みは柳生に向く。幕府領は四公六民、それが大名領になれば、五公五民になる。年貢が増えた領民は不満を持つ。

松木が認めた。

「なら、その一万石を発展させな、やっていけまへんで」

「やってはいけるだろう。今までなんとかなったのだぞ」

一夜の断言に松木が言い返した。

「今まではですな。これからものの値段はあがりまっせ」

「…………」

松木が息を呑《の》んだ。

「戦がなくなった。徳川はんが天下を統《す》べた。もう、理不尽に財を奪われる心配はなくなった。ほな、頑張ろうかと人はなります。子供に少しでも田畑を、金を遺《のこ》してやろうと働きますわな。働けば稼ぎが増えます。ああ、今まで二百文やったけど、昨日は三百文儲けた、今日は四百文や。明日も稼げるやろう。こう順調になれば、人は油断します」

「油断だと。どうなるというのだ」

「蓄財を減らして贅沢《ぜいたく》に走ります。酒を呑みたい、濁り酒には飽きた、澄まし酒が欲しい。おかずをもう一品、麦飯を白米に、きれいな着物を……今まで我慢してきただけ、反動は大きいでっせ。となると、酒や魚や、着物の需要が高くなる。欲しい人が増えたら、商人は値付けの高い客に売る。昨日まで一斗五百文やった酒が一貫になる」

「そのような贅沢をしなければよかろう」

「一度ええもんを知ったら、質落ちのもので我慢でけへんのも人。柳生家だけ質素で頑張っても、世間は違いまっせ」

「そうだな」

勘定方の襖が引き開けられ、柳生宗矩が顔を見せた。

三

「殿」

「これはっ」

松木と勘定方があわてて手を突いたが、一夜は平然としたままであった。

「おわかりのようで」

「ふん。余は惣目付であったのだぞ。吉原《よしわら》に溺《おぼ》れて、家政をないがしろにした大名を、酒に淫してお勤めを疎《おろそ》かにした者を咎《とが》めたこともある。皆、祖父や父は戦場で苦労をして家を大きくしてきた出来物であった」

「苦労を知らん馬鹿が一杯出てきますなあ。これから。いや、もういてますか」

「これっ、淡海」

主膳宗冬のことを皮肉った一夜に松木が顔色を変えた。

「そのような奴は性根をたたき直すだけよ」

平然と柳生宗矩が流した。

「一夜、これからも大名家は金に困るか」

柳生宗矩が立ったままで問うた。

「困りますやろう。身代の大きなところほど狂いますな。とくに、石高が急に増えたところなんぞ、危ない。殿さんだけやのうて、家老も浮かれますわ。徳川はんの天下で、潰されたり禄を減らされたりした大名が一杯いてるなか、己は増えたあるいは、ええところへ転じてもろうた。うちは徳川はんに認められた、これで安心やと油断しますよってに気が大きゅうなってしまう」

一夜が語った。

「金を遣うか」

「遣いますやろうなあ。戦をせんでよろしいねんで」

「たしかに戦には金がかかる」

柳生宗矩がうなずいた。

「されど遣い方にもいろいろあろうが」

松木が口を挟んだ。

「遊興する、刀や茶器などを収集する。それ以外に領内の新田開発、産業育成に遣うということもある。そうすれば無駄遣いにはならぬ」

「成功しますやろうか。武家にその知識をお持ちの方がいてはりますか。百姓、あるいは商人《あきんど》に丸投げにするのがほとんどですやろ」

「…………」

一夜を改革に使っている柳生宗矩への嫌味である。柳生宗矩が沈黙した。

「他人任せは、結果しか見まへん。なんで失敗したのかとか、どうすれば次はうまくいくのかとか、反省も思案もせず、責任を百姓、商人に押しつける。つまりは己が失敗したと思わない。これって無駄遣いですやろ」

「むうう」

松木は反論できなかった。

「遊興より質《たち》が悪いことになりそうだの」

柳生宗矩が述べた。

「吉原通いは止めさせれば損失はそこで止まります。物狂いは手に入れた銘刀や茶器を売り払えば、金が戻る。ほとんど損やろうけど、うまくいけば値上がりで儲けることもある。しかし、新田の失敗とかは、どうやっても繕えへん。そして、なにより悪いのが、金額が大きすぎる」

新田開発には、計画している土地の収穫十年分の費用がかかるとされている。つまり、一万石を新田開発しようとすると十万両の金が要る。もちろん、一気にいるわけではないが、それでも出費が収入を確実に上回る。言うまでもなく、成功すれば十年以降は大きく収入は増えるが、失敗すれば目もあてられない。

「御上はなにもしてくれまへんやろ。新田開発が成功し、石高直しを受けた後は軍役負担を増やすけど、失敗したからといって慰め金とか、参勤交代の免除とかは……」

「ないな」

一夜の言葉の後を柳生宗矩が受けた。

「よかったでんな。柳生には新田開発を大がかりにできる場所がなくて」

「淡海っ」

松木が声を荒らげた。

「落ち着け、松木」

柳生宗矩が松木を窘《たしな》めた。

「付いてこい、一夜」

「仕事が止まりますけど」

命じた柳生宗矩に一夜が苦情を言った。

「すぐに終わる」

「……しっかりと金額を確認しいや。戻ってきてまちがいがあったら、扶持米削るからな」

気を抜くなと勘定衆へ釘《くぎ》を刺し、一夜は柳生宗矩の指示に従った。

「いつ気付いた」

御座の間で柳生宗矩が一夜に問うた。

「加賀守はんが、宴《うたげ》に参加されると聞いた瞬間に」

なにが聞きたいかなどはわかっている。一夜が答えた。

「加賀守の嫌がらせがあることではないわ。それは当然だとわかっていた」

柳生宗矩が不満そうに言った。

「嫌味を言うくらいで老中首座が来るわけおまへんやろ。そんなもん、来客に柳生は気に入らぬと吹きこんでおけば、盛大にやってくれますわ」

「……………」

一夜の言うとおりだと柳生宗矩が無言で肯定した。

「となるとなにをするかですわ。いくら老中首座やというたかて、なんもないところに嚙《か》みつけまへん。なにせ、当家には将軍さまのご寵愛深い次男さんがいてはる」

「それを言うな」

いやらしく口をゆがめて見せた一夜に、柳生宗矩が不快な表情をした。

「ようは、柳生家にしくじってもらわな困る。もし、なにもなく無事に宴が終わってしまえば、それこそ加賀守はんと柳生家の和解はなったと、世間に取られかねへん」

「それを否定はできぬな。執政《しっせい》ともあろう者が、和解にけちを付けた。なんとも狭量なと言われることになる」

柳生宗矩が理解した。

「そこでまあ、どこに穴があるかを考えれば、魚に行き着きますわ。使う野菜や鴨《かも》は数日前には納入されている。少し置いた方が落ち着く食材が多いですよってな。また、土産もとっくに屋敷に入っている。これらに手出ししてまうと、攻撃するぞと事前にばれますわなあ」

「こちらに対抗する間を与えるか」

「それだけやおまへんけどな。柳生に下手すると最強の鬼札を使わせてしまう」

「最強の鬼札……」

一夜の言うものがわからず、柳生宗矩が怪訝《けげん》な顔をした。

「上様ですがな」

「……なにを言いだす。上様を使うなど無礼にもほどがある」

「最強の鬼札を使わせるのは、加賀守はんでっせ。わたいやおまへん」

大げさに一夜が手を振った。

「上様にめでたいと一言いただくだけで、加賀守はんはなんもでけへんなりますわ。上様すべてのお方でっさかいな」

「………」

家光《いえみつ》に宴のことを話せば、まちがいなくめでたいとの言葉はもらえる。ただ、それは諸刃《もろは》の剣で、堀田加賀守の手を止められる代わりに、柳生宗矩は息子を家光から取りあげておきながら、都合が悪くなると頼るという悪評を呼びかねなかった。

「まあ、いろいろ言いましたけど、加賀守はんがなんぞしはるとしたら、対応の間に合わない当日しかおまへん。で、当日でないと手配でけへんもんはなんやと見れば……」

「生ものか」

柳生宗矩が嘆息した。

「後はご存じの通り。干物にけちをつけられたら困るなと思いましたけど、さすがにそこまで加賀守はんも厚顔やなかったようで」

一夜が笑った。

「干物に文句を言えば、魚河岸の閉鎖に言及されることになるからな」

うなずきながら柳生宗矩が述べた。

「経緯《いきさつ》はわかったが、もし、魚河岸が閉鎖されなければ干物は無駄になったぞ。それこそ無駄金であろう」

「そのときは、別のところに売りますわ」

「柳生家のものを勝手に売るのは許せぬ」

あっさりと言った一夜に柳生宗矩が険しい声を出した。

「なに言うてはりますねん。あの干物はわたいのものでっせ。手配も支払いもわたいがいたしました」

「むっ」

咎めようとした柳生宗矩が出鼻をくじかれた。

「そなたのものだというならば、柳生は金を出さぬ」

「よろしいですけどなあ。次はおまへんで」

勝手にしたことで助かったが、責任は負わないと告げた柳生宗矩に一夜が表情を変えた。

「今回だけで加賀守はんが大人しゅうならはると、お考えやったら、じつにおめでたいことですわ」

「……………」

柳生は剣での戦いとなれば、天下無双であった。同じ将軍家剣術お手直し役の小野《おの》家もあるが、規模が違いすぎる。しかし、それ以外では凡百の大名と同じであり、とても堀田加賀守の策には対抗できない。

柳生宗矩が黙った。

「もうよろしいか。勘定方の仕事に戻りたいんですが」

一夜にとって干物代は端《はな》から認められまいとの腹づもりができていた。助けてもらっておきながら、その代償も出さない。これこそ一夜の狙いと言える。これを重ねれば、一夜は柳生家へ分厚い貸しを作れる。

「退身させへんというなら、今までのぶんを即金でお返しいただきたく」

こう要求できる。もちろん、支払えるかどうかなど、勘定方の一夜にはわかっているのだ。

「一門への貸し借りなどあり得ぬ。一門は一つとなって家を守るべきもの」

こう反論してきた場合の用意も抜かりない。一夜はそのために駿河屋総衛門を嚙ませている。

「柳生家が納品したものの代金をお支払いくださいませぬ」

幕府御用達の駿河屋総衛門から訴えられれば、柳生家の力をもっても抑えこむことはできない。

「借りたものは返すのが当たり前である。借財の返金を拒むとは、人としていかがなものか。そのような者に、上様の剣術指南役などさせられぬ」

それこそ嬉々《きき》として堀田加賀守は動く。

そして将軍家剣術お手直し役を外されてしまえば、柳生に与えられている定府という、参勤交代免除の特権は消え、さらなる財政負担が増えることになる。

「よい、大儀であった。金は勘定方から受け取るが良い」

柳生宗矩は出費を認めるしかなかった。

「御免を」

一夜が御座の間を出ていった。

「用意周到な奴《やつ》じゃ」

柳生宗矩が頬をゆがめた。

「しかし、商人というものは、あそこまで深く相手を読むものなのか。まるで諸葛孔明《しょかつこうめい》、魯粛《ろしゅく》のような軍師じゃ。乱世に生まれていたならば、一廉《ひとかど》の者となったやも知れぬ」

あらためて柳生宗矩が一夜の恐ろしさに気付いた。

「あやつを失うわけにはいかぬ。商人の血を引くとして伊賀者の女を宛《あて》がえばよいと考えていたが、それでは不足じゃ。どこぞに歳頃《としごろ》の合う娘はおらぬか。新陰流《しんかげりゅう》の門弟となっている旗本から探すか」

佐夜を用済みと柳生宗矩は判断した。

「それよりも……」

柳生宗矩の表情が苦いものから、歓喜のものへと変化した。

「よきことを聞いたわ。上様からの、加藤《かとう》家を会津《あいづ》から動かせとのご密命。果たす方法が見えた。金を遣わせればよい。新田開発、治水なんでもよい。金を遣わせ、それができぬように邪魔をすればいい。水路を壊し、堤防を破壊すれば、加藤家に残るのは借財だけ。そこを突けば、藩政よろしからずという名目ができる。潰せずとも、会津から遠くへ追いやるくらいはできよう」

呟きながら、柳生宗矩が興奮した。

「……一夜に絵を描かせるのもよいな。加藤の名前を伏せ、地図を見せて、どこを開墾すればよいか、どのていどの金がかかるかを試算させる。加藤家も地についた話となれば乗りやすかろう」

柳生宗矩がにやりと嗤いながら続けた。

「まず成功はまちがいなしというところで、計画が崩れれば……加藤家の動揺は大きい。付けいる隙《すき》はいくらでもできよう」

楽しげに柳生宗矩が独りごちた。

四

柳生宗矩と松木にからまれ、予定より遅れた一夜は、大急ぎで屋敷を出ようとした。

「淡海、どうした。ずいぶんと急いでいるようだが」

素我部一新が、一夜を止めた。

「……なんで門番やっててんねん。昨日当番やったやろ。今日は非番やないんかい」

一夜が驚いた。

武家の番人というのは、日直、夜直、非番を繰り返す。昨夜、日直をしていた素我部一新が、翌日も日直というのは通常あり得なかった。

「替わってくれと頼まれたのでな」

素我部一新が、答えた。

「無茶しいなや」

「丈夫だけが取り柄だからな」

身体《からだ》に気を付けろと言った一夜に、素我部一新が胸を張った。

「それは結構やな。ほな、出てくるわ」

「待て、一人でよいのか」

「殿さんは、あかんと言わんかったで」

止めた素我部一新に一夜が言い返した。出ていくと言っていないのだ。制されるはずはなかった。

「どこへ行く」

ではと手をあげた一夜に素我部一新が訊いた。

「昨日の続きで駿河屋はんや」

「終わらなかったのか」

「途中で邪魔したやつがおってなあ」

一夜が目を細めて素我部一新を見た。

「お役目じゃ、詫びぬぞ」

素我部一新が堂々と言い返した。

「一緒じゃ。こっちも御用よ」

「わかっておるわ」

釘を刺された素我部一新が苦笑した。

「……ああ、一つ忘れてた」

「なんだ」

「今日は、跡を付けてきたらあかんで」

「なにを申している」

一夜の言葉に、素我部一新がわからないという顔をした。

「なんでもええ。ただ、忠告はしたで」

「だからなにを」

「顔を隠しているさかい、誰とは言わんが……歩くときの癖が一緒や。あれでは、商人になろうが、武士に扮《ふん》そうが、同じや」

「…………」

言われた素我部一新が黙った。

「商人のときは商人、武士のときは武士と歩き方を変えているのはええねんけど……」

武士は左腰に重い両刀を差しているため、どうしても重心が左に傾く。百姓は畑仕事で腰を曲げるため、前屈《まえかが》みになる。商人は商品を持っている場合、それをかばうように利き腕を胸に抱えこむ。男は肩から動き、女は腰から出る。

歩き方一つをとっても、特徴はある。当たり前ながら、それを忍は十分に承知していた。一日でばれるようならば、敵地での潜入などできようはずはなかった。

「いつでも咄嗟《とっさ》に動けるようになんやろうけど、どんなときでもほんの少しだけ、前に重心が傾いてるわ」

「……いつ気づいた」

そこまで指摘されれば、素我部一新も否定できなくなった。いや、否定し続けるより、癖を確かめるべきだと考えを変えたのだ。

「甲賀者に連れていかれた日やな。予想外のことに周囲へ目をやらざるを得んようになったときや。そのときになんや違和あるなと感じてな。以来気にしていてん」

「警固に気が逸《はや》ったか」

素我部一新が悔しげに呟いた。

「まあ、それは後日の課題としよう。それよりも、今日は付いてくるなというのはなぜだ」

悔しげな顔をしながら素我部一新が問うた。

基本、一夜が出かけるときは、伊賀者の誰かが付いている。警固という役目もあるが、それはあくまでも名目で、柳生宗矩の思惑次第で襲われても放置されたり、掠《さら》われても見守るだけとかになる。

「柳生の敵になるなら、始末しろ」

場合によっては、殺すことにもなる。

「死ぬで」

低い声で一夜が告げた。

「誰がだ。まさか、伊賀者が殺されると」

素我部一新が怒気をうっすらとながら浮かべた。

「そうや。詳細は訊きな。もう一度いう、今日は止めとき」

「駿河屋でなにかあるのだな」

「ほなの」

答えず、一夜は脇門を出ようとした。

「待て。淡海」

素我部一新が一夜の腕を摑《つか》んだ。

「離してんか。お役目に遅れる」

「そうはいかぬ。すべてを教えろ」

一夜の要求を素我部一新が拒んだ。

「教えられへんことくらいあるやろうが」

「いや……」

「佐夜はんのことも大事《おおごと》にするか。殿はんに苦情出してもええねんで」

「…………」

素我部一新が口をつぐんだ。

「心配しいな。今のところ、まだ柳生を捨てへん。まあ、かなり柳生との糸はほつれてきてるけどな。報いのない関係は続かへんで」

「むっ」

一夜の言葉に、素我部一新が詰まった。

「手、離し。おまはんまで嫌いになったら、糸は……」

「わかった」

放っておけと柳生宗矩に命じられたという大義名分もある。素我部一新が一夜から手を離した。

「まったく、子は親を選べんというのは、不便なことや。よほど、わたいの前世は碌《ろく》でもないことしたんやろ」

「おいっ」

さすがに聞き逃せないと、素我部一新が声を荒らげた。

「……………」

すっと目を離して、一夜が屋敷を出た。

「殿にお報せを」

素我部一新が屋敷へと走った。

駿河屋総衛門は訪れた一夜を連れて、町駕籠《まちかご》で堀田加賀守の屋敷へと向かった。

「ご老中堀田加賀守さまのお屋敷まで通りまする」

町駕籠のまま、江戸城廓内にある堀田加賀守の屋敷へ乗り付けることはできなかった。

常盤橋《ときわばし》御門前で駕籠を降りた駿河屋総衛門は、御門を守る書院番士に挨拶をした。

「駿河屋か。うむ」

幕府出入りの駿河屋総衛門の顔は知られている。すんなりと通行は許された。

「ほおええ」

門を通った一夜がその大きさに感嘆の声をあげた。

「大坂の城も大きいと思ってましたけど、こりゃあ別格でんなあ」

まさにおのぼりさんになった一夜が、周囲を見て喜んだ。

「お声を小さくお願いいたしますよ。申しわけありませんが、どうも上方のお方は少々お声が大きい」

いつもより騒いでいる一夜に駿河屋総衛門が嘆息した。

「そうやった。駿河屋はんにご迷惑をかけたらあかん」

一夜が慌てて姿勢を正した。

「堀田さまのお屋敷は、どちらでんねん。どうもお武家はんのお屋敷は、表札も暖簾《のれん》も出てまへんので、わかりにくうて」

「あちらでございますよ」

困惑しながら屋敷を見ている一夜に、駿河屋総衛門が顔を向けた。

「……なんちゅう豪華さや」

堀田加賀守の屋敷を見た一夜が息を呑んだ。

「老中首座はんちゅうのは、ここまですごいんや」

一夜が驚愕《きようがく》した。

「たしかに老中首座さまはすさまじい権をお持ちでございますが、それだけではここまでいきません」

駿河屋総衛門が首を横に振った。

「……ご寵愛ですか」

「と申しましょうか、御成《おなり》でございますよ」

「御成っ」

一夜が息を呑んだ。

御成とは、将軍が家臣の屋敷を訪れることである。完全なる警固がなされている江戸城から出ていくだけでなく、家臣の屋敷で宴席をし、場合によっては泊まることもある。

つまり、食事に毒を入れる、刺客を伏せるなどを心配していない。絶対の信頼があるとの証《あかし》が御成であり、一度でもあれば末代まで誇りにできた。

それほどの名誉である御成だけに、将軍を迎えるのにふさわしい形を整えなければならなかった。まず、御成門の創設である。正門だと当主以外の者も通る。場合によっては陪臣も正門を使う。それは無礼になるため、将軍とその側近以外の通行を認めない特別な門、御成門が必須となった。

他にも将軍がくつろぐ御座の間や歓待のための能舞台、専用の浴室、厠《かわや》などを新設しなければならないし、次第によっては閨《ねや》の相手も用意する。

御成とは名誉の代わりに、莫大《ばくだい》な費用が要るものでもあった。

「さあ、行きますよ」

啞然としている一夜を駿河屋総衛門が屋敷へと案内した。

「聞いておる。殿はまだお帰りではない。しばし、ここで待て」

堀田加賀守の屋敷でも駿河屋総衛門の顔は知られている。すぐに座敷へと案内された。

「両刀を預かる」

「どうぞ」

堀田加賀守の家臣の求めに一夜は躊躇《ちゅうちょ》なく、両刀を渡した。

「……お預かりいたす」

あまりにも無造作な一夜に家臣が一瞬戸惑ったが、すぐに両刀を持って下がっていった。

「なんかへんなことしましたか」

家臣の反応に一夜が首をかしげた。

「武家の方々は、刀を大事になさいますので、貴人にお目通りするときでもなかなか素直に刀を外しませぬ。太刀《たち》はまだしも脇差《わきざし》はとくに」

駿河屋総衛門が説明した。

「人を斬るしか能のない道具がないと寂しいんでっか」

一夜があきれた。

「いつ襲われるかも知れないので、両刀を同時に手放すのは心得がないとされるようでございまする」

「加賀守はんや殿はんくらいやったら、いきなり襲撃というのもありまっしゃろが、その辺の二本差なんぞ、誰が襲いまんねん」

「たしかにさようでございますが」

二人が笑い合った。

「……どうやらお戻りのようでございますね」

しばらくして、屋敷のなかが騒がしくなった。

昼の八つ（午後二時ごろ）には下城しなければならない老中は、屋敷に帰ってからが本番になる。

「このたび上様へお目通りが叶《かな》うこととなりましてございまする。なにとぞ、吾《わ》が息子をよしなにお引き回しくださいますよう」

「領内に水害があり、田畑が流されましてございまする。お見舞い金をご下賜いただけますよう上様へ」

私的な願いは城中でできない。老中の執務する上の御用部屋への出入りは禁じられているし、廊下では目立ち過ぎる。私的な老中への願いごとは屋敷でするのが、暗黙の了承となっていた。

「少し、加賀守さまがお見えになるのは手間がかかりましょう。他のご来客方がおられましょうし。当然のことながらお客さまのご身分によって順番が決まりますので、かなり後になりまする」

駿河屋総衛門が老中の仕事の一つ、来客対応について語った。

「老中はんは大変やな。天下の政《まつりごと》、自分の藩、そこに他人の面倒まで加わる。まさに滅私奉公やなあ」

待たされると聞かされても、文句一つ言わず一夜は感心した。

「よくわかっておるの、そなた」

不意に座敷の上座の襖が開いて、身なりの良い武士が入ってきた。

「加賀守さま」

さすがの駿河屋総衛門が堀田加賀守の登場に驚愕した。

「えっ」

脅かされた兎《うさぎ》のように、一夜も固まった。

「久しいの駿河屋」

堀田加賀守が警固の近習《きんじゅ》を引き連れて、上座へ腰を下ろした。

「畏《おそ》れ入りまする」

すぐに駿河屋総衛門が平伏した。

「…………」

一夜もあわてて倣《なら》った。

「うむ。その方が但馬守《たじまのかみ》の庶子であるな」

「……へっ」

いきなり言われた一夜が呆然となった。

「ふむ。あまり左門と似ておらぬ」

思わず顔をあげた一夜を見つめた堀田加賀守が安堵《あんど》したように言った。

「母が違いまする。一度だけ左門に会いましたが、あの容姿は人をこえておりまする」

老中首座あいてにいつもの口調はできない。一夜が丁寧な口調で述べた。

「弟のそなたもそう思うか」

「生まれたときから一緒でなければ、呑まれましょう」

一夜が首を横に振った。

「魔性」

「…………」

堀田加賀守の一言に一夜が無言で肯定した。

「ところで、なぜ、わたくしのことを」

いつまでも左門友矩の話題はまずいと一夜は感じ、最初の疑問を口にした。

「簡単なことだ」

ちらと堀田加賀守が近習を見た。

「こやつはな、上様から余の陰警固としてお預かりしている伊賀者よ」

「幕府伊賀組のお方。なるほどさようでございましたか。屋敷を見張っておられた。それで、明日来いと」

一夜が理解した。

祝宴で干物の手配をしたのが柳生宗矩の庶子で、先日江戸へ召喚されたばかりの一夜だと考え、伊賀者に屋敷を見張らせた。いつ一夜が戻ってくるかわからないし、どういった男かという調べも要る。それで堀田加賀守は翌日ではなく、翌々日に一夜を寄こせと柳生宗矩に命じたのであった。

「一日早まったが駿河屋、本日の目通りは」

「ご賢察のとおり、この淡海さまより、お目通りを手配して欲しいと頼まれまして」

堀田加賀守に問われた駿河屋総衛門が告げた。

「ほう、江戸の駿河屋、駿河屋の江戸と言われているそなたが、無理を聞いたか」

商人が老中首座に会うだけでも大変な手順を経なければならない。それを一日でかなえてしまう。どれほど無理をしたか、堀田加賀守でなくともわかる。

「それだけの値打ちがあると思っておりまする」

「ほう」

駿河屋総衛門の答えに、堀田加賀守がわずかに目を大きくした。

「淡海であったな」

すでに名前も把握している。堀田加賀守が一夜を呼んだ。

「はっ」

一夜が両手を床に突け、背筋を伸ばした。

「干物のことそなたの手配りか、それとも駿河屋の入れ知恵か」

「畏れながら、わたくしの思案でございまする」

駿河屋総衛門に迷惑がかかってはならない。一夜はしっかりと堀田加賀守の顔を見ながら答えた。

「ふむ。余の思惑、どこで気づいた」

「畏れながら……」

「一々、面倒じゃ。いつものようにいたせ。そなた上方のものであろう。普段の様子を見せよ」

礼を尽くそうとした一夜に、駿河屋総衛門が手を振った。

「えっと、ほんまによろしいんで。許しておいて、無礼者とそこのお方が斬りかかってくるということは」

「ここにうるさく身分をいう者はおらぬ。ああ、もし、そなたが上様にそのような態度を取れば、その場を去らせず、余が成敗いたすがの」

「上様の……ご勘弁を。そんな神さまの近くはとんでもない」

必死で一夜が拒んだ。

「分をわきまえておるようでなによりである。さ、申せ」

「最初に違和を……」

昨夜柳生宗矩にしたのと同じ説明を一夜は堀田加賀守にした。

「ううむ。余の出席がきっかけになったとは……最初から策はならなかったのか」

聞き終わった堀田加賀守がうなった。

「わたくしも干物の手配を頼まれましたときは、意味がわかりませんでした」

駿河屋総衛門も同意した。

「しかし、余がなにもしなかったとき、干物は無駄になるであろう」

「そのときは足が出てもええので、売り払います。不足分は勉強代と、安心料ですわ」

いつもの調子で一夜が言った。

「安心料とはどういう意味だ」

堀田加賀守がわからないといった表情を浮かべた。

「怒らんとってくださいな」

「わかっておる」

念を押した一夜に堀田加賀守がうなずいた。

「もし、加賀守さまがなんの手配りもなく、その場で柳生へ難癖を付けはるようなお方やったら、怖くはないなと」

「淡海さまっ」

これはだめだと駿河屋総衛門が一夜の無礼を咎めた。

近習役を果たしている伊賀者が腰を浮かせた。

「……………」

「よい。余が許したのだ」

堀田加賀守が手で制した。

「日は違うとはいえ、余が招いた、いわば客だ。その客に無体なまねをしては、天下の執政《しっせい》の名が廃《すた》る」

「差し出ましたことをお詫びいたしまする」

「はっ」

駿河屋総衛門と伊賀者が頭《こうべ》を垂れた。

「さて、淡海。そなたの用はなんだ」

堀田加賀守が訊いた。

「わたいが上方へ帰れまへんよって、あんまり当家をいじめんとってくださいな」

思い切って一夜が口にした。

「どういうことぞ」

「柳生の藩政を立て直さんと、帰してくれへんのですわ」

一夜が嘆息した。

「これからは商いの時代です。戦はなくなり、人が豊かになり、ものが増える。贅沢と浪費が天下を支配します。その始まりのときに、商いから引き離されているのは、辛いんですわ」

「贅沢と浪費か」

堀田加賀守が苦い顔をした。

「おわかりでございますやろ。今まで麦飯やった人々が白米の味を覚えてしもうた。もう、麦飯には戻れまへん。ここから先、天下の政は、どうやって御上に金を集めるかになります」

「御上はすべての鉱山を手にし、領国も四百万石をこえるぞ」

「金山、銀山はいつか枯れます。ご存じでしょうか。武田《たけだ》家を支えた甲州《こうしゅう》金山が枯渇し、戦の金が足らなくなったことで……」

「武田は滅びたか」

「米にも問題はおます。豊作、凶作と安定していない。毎年手に入る年貢が同じではない。これでは政はできないとまでは申しまへんが、しにくいはずです」

「たしかにな」

「ですけど、米は基本です。これをどうこうするのは難しい。そこで豊作、不作の影響を受けにくい収入を考えなあかんのと違いますやろうか」

「あるのか、それが」

ぐっと堀田加賀守が身を乗り出した。

「……加賀守さま。なにものかがお屋敷に忍びこんだようでございまする」

伊賀者が警告を発した。

「片付けよ」

冷たく堀田加賀守が指図した。

「すんまへん、たぶん、その忍びこんだの、わたいの知り合いですわ。絶対付いてきたらあかんと釘刺したんですけど」

一夜が申し訳なさそうに言った。

「貸し一つで、許してもらえまへんか」

「……貸しだと」

堀田加賀守が怪訝そうな目で一夜を見つめた。

「吾が手を見抜いたそなたに貸しか。よかろう。源治郎《げんじろう》、ここへ連れてこい」

「はっ」

源治郎と呼ばれた伊賀者が、立ちあがった。

「で、貸しはどうやって返すつもりだ」

「左門はんを柳生の郷に縛り付けて、江戸へ来させんようにいたしますわ」

楽しげに問うた堀田加賀守に、一夜が告げた。

小学館文庫
好評既刊

勘定侍 柳生真剣勝負〈二〉
始動

上田秀人

ISBN978-4-09-406797-2

弱みは財政——大名を監察する惣目付《そうめつけ》の企てから御家を守らんと、柳生家当主の宗矩《むねのり》は、勘定方を任せるべく、己の隠し子で、商人の淡海《おうみ》屋《や》一夜《かずや》を召し出した。渋々応じた一夜だったが、柳生の庄で十兵衛に剣の稽古をつけられながらも石高を検分、殖産興業の算盤を弾く。旅の途中では、立ち寄った京で商談するなどそつがない。が、江戸に入る直前、胡乱《うろん》な牢人らに絡まれ、命の危機が迫る……。三代将軍・家光から、会津藩国替えの陰役を命ぜられた宗矩。一夜の嫁の座を狙う、信濃屋の三人小町。騙し合う甲賀と伊賀の忍者ども。各々の思惑が交錯する、波瀾万丈の第２弾！

小学館文庫
好評既刊

勘定侍 柳生真剣勝負〈三〉 画策

上田秀人

ISBN978-4-09-406874-0

大坂商人から柳生家の勘定方となった淡海《おうみ》一夜《かずや》。当主の宗矩《むねのり》から百石を毟《むし》り取り、江戸屋敷で暮らしはじめたのはいいが、ずさんな帳面を渋々改めているなか、伊賀忍の佐夜を女中として送り込まれ、さらには勘定方の差配まで任される始末。そのうえ、温かい飯をろくに食べる間もなく、柳生家出入りの大店と商談しなければならないのだ。一方、老中の堀田加賀守《かがのかみ》は妬心を剝き出しに、柳生の国元を的にする。他方、一夜の祖父・七右衛門は、孫を取り戻すべく、柳生家を脅かす秘策を練る。三代将軍・家光も底意を露わにし、一夜と柳生家が危機に陥り……。修羅場の第三弾！

親子鷹十手日和

小津恭介

ISBN978-4-09-407036-1

かつて詰碁同心と呼ばれた谷岡祥兵衛は、いまでは妻の紫乃とふたりで隠居に暮らす身だ。食いしん坊同士で意気投合、夫婦になってから幾年月。健康に生まれ、馬鹿正直に育った息子の誠四郎に家督を譲り、気の利いた美しい春霞《はるか》を嫁に迎え、気楽な余生を過ごしている。今日も近所の子たちに玩《おも》具《ちゃ》を作ってやっていると、誠四郎がやって来た。駒込で旅道具を商う笠の屋の主・弥平が殺されたというのだ。亡骸《なきがら》の腹に突き立っていたのは剪定鋏《せんていばさみ》。そして盗まれたのは、たったの一両。抽斗《ひきだし》には、まだ十九両も残っているのだが……。不可解な事件に父子で立ち向かう捕物帖。

小学館文庫
好評既刊

うちの宿六が十手持ちで すみません

神楽坂　淳

ISBN978-4-09-406873-3

江戸柳橋で一番人気の芸者の菊弥は、男まさりで気風《きっぷ》がよい。芸は売っても身は売らないを地でいっている。芸者仲間からの信頼も厚い菊弥だが、ただ一つ欠点が。実はダメ男好きなのだ。恋人で岡っ引きの北斗は、どこからどう見てもダメ男。しかも、自分はデキる男と思い込んでいる。なのに恋心が吹っ切れない。その北斗が「菊弥馴染みの大店が盗賊に狙われている」と知らせに来た。が、事件を解決しているのか、引っかき回しているのか分からない北斗を見て、菊弥はひとり呟くのだった。「世間のみなさま、すみません」――気鋭の人気作家が描く、捕物帖第一弾！

小学館文庫
好評既刊

死ぬがよく候〈一〉 月

坂岡 真

ISBN978-4-09-406644-9

さる由縁《ゆえん》で旅に出た伊坂八郎兵衛は、京の都で命尽きかけていた。「南町の虎」と恐れられた元隠密廻り同心も、さすがに空腹と風雪には耐え切れず、ついに破《や》れ寺《でら》を頼り、草鞋《わらじ》を脱いだ。冷えた粗菜にありついたまではよかったが、胡散臭《うさんくさ》い住職に恩を着せられ、盗まれた本尊を奪い返さねばならぬ羽目に。自棄《やけ》になって島原の廓《くるわ》に繰り出すと、なんと江戸で別れた許嫁《いいなずけ》と瓜二つの、葛葉《くずのは》なる端女郎《はしじょろう》が。一夜の情を交わした翌朝、盗人どもを両断すべく、一条戻橋《いちじょうもどりばし》へ向かった八郎兵衛を待ち受けていたのは……。立身《たつみ》流の秘剣・豪撃《こわうち》が悪党を乱れ斬る、剣豪放浪記第一弾！

小学館文庫
好評既刊

突きの鬼一

鈴木英治

ISBN978-4-09-406544-2

美濃北山三万石の主百目鬼一郎太の楽しみは月に一度の賭場通いだ。秘密の抜け穴を通り、城下外れの賭場に現れた一郎太が、あろうことか、命を狙われた。頭格は大垣半象、二天一流の遣い手で、国家老・黒岩監物の配下だ。突きの鬼一と異名をとる一郎太は二十人以上を斬り捨てて虎口を脱する。だが、襲撃者の中に城代家老・伊吹勘助の倅で、一郎太が打ち出した年貢半減令に賛同していた進兵衛がいた。俺の策は家臣を苦しめていたのか。忸怩たる思いの一郎太は藩主の座を降りることを即刻決意、実母桜香院が偏愛する弟・重二郎に後事を託して単身、江戸に向かう。

小学館文庫
好評既刊

浄瑠璃長屋春秋記 照り柿

藤原緋沙子

ISBN978-4-09-406744-6

三年前に失踪した妻・志野を探すため、弟の万之助に家督を譲り、陸奥国平山藩から江戸へ出てきた青柳新八郎。今では浪人となって、独りで住む裏店に『よろず相談承り』の看板をさげ、見過ぎ世過ぎをしている。今日も米櫃《こめびつ》の底に残るわずかな米を見て、溜め息を吐いていると、ガマの油売り・八雲多聞がやって来た。地回りに難癖をつけられていたところを救ってもらった縁で、評判の巫女占い師・おれんの用心棒仕事を紹介するという。なんでも、占いに欠かせぬ亀を盗まれたうえ、脅しの文まで投げ入れられたらしい。悲喜こもごもの人間模様が織りなす、珠玉の第一弾。

―――本書のプロフィール―――

本書は、小学館文庫のために書き下ろされた作品です。

小学館文庫

勘定侍《かんじょうざむらい》 柳生《やぎゅう》真剣勝負《しんけんしょうぶ》〈四〉
洞察《どうさつ》

著者 上田秀人《うえだひでと》

二〇二一年八月十一日 初版第一刷発行

発行人 飯田昌宏
発行所 株式会社 小学館
〒一〇一-八〇〇一
東京都千代田区一ツ橋二-三-一
電話 編集〇三-三二三〇-五九五九
販売〇三-五二八一-三五五五
印刷所――中央精版印刷株式会社

ISBN978-4-09-407046-0